UNE
VOIX DE CANTABRIE

POÉSIES NOUVELLES

Par J.-B. FITERRE

AUTEUR

DES BRISES PYRÉNÉENNES

ET

MEMBRE DE L'UNION DES POÈTES.

———

Mon verre n'est pas grand, mais je bois dans mon verre.
(A. DE MUSSET).

Le brin d'herbe, comme le chêne
De Dieu sait dire les splendeurs.
(ANONYME).

———

EN VENTE A BAYONNE

A LA LIBRAIRIE CENTRALE, PLACE DU RÉDUIT.

—

1868

UNE

VOIX DE CANTABRIE

POÉSIES NOUVELLES

Par J.-B. FITERRE

AUTEUR

DES BRISES PYRÉNÉENNES

ET

MEMBRE DE L'UNION DES POÈTES.

———

Mon verre n'est pas grand, mais je bois dans mon verre.
(A. DE MUSSET).

Le brin d'herbe, comme le chêne
De Dieu sait dire les splendeurs.
(ANONYME).

———

EN VENTE A BAYONNE

A la Librairie Centrale, place du Réduit.

—

1868

LETTRE ET INTRODUCTION.

A M. THALES BERNARD.

Mon cher maitre,

Pénétré des idées que vous avez émises dans votre *Histoire de la Poésie,* permettez-moi de vous dédier, à titre d'hommage, la partie de ce livre intitulé : *La Poésie Pastorale,* dans laquelle je soutiens, sinon avec talent, du moins avec conviction, les principes nouveaux que vous avez formulés. Dans la deuxième partie qui a pour titre : *Une Voix de Cantabrie,* j'ai réuni à mes productions quelques pièces de différents auteurs, qui se rapprochent, ou peu s'en faut, par leur manière d'écrire, des théories poétiques dont vous êtes l'apôtre et l'infatigable défenseur.

Daignez agréer, mon cher maître, l'expression des sentiments dévoués de votre admirateur.

J.-B. Fiterre.

Boucau-Sud, le 18 Juillet 1867.

THALÈS BERNARD

ET LA

POÉSIE PASTORALE.

—

Epuisé par ses propres excès, le romantisme est-il condamné à périr? A cette question nous ne saurions nous prononcer pour l'affirmative. Nous dirons cependant que l'école poétique représentée aujourd'hui par M. Thalès Bernard et par une pléiade de jeunes écrivains de talent, commence à gagner le terrain que les romantiques perdent chaque jour, et qu'il ne serait pas surprenant de voir triompher une nouvelle poésie qui prend sa source dans les légendes et les récits populaires de différents peuples : une poésie pleine de naturel, de force, de vigueur, fondée sur les sentiments intimes des passions qui font vibrer le cœur humain.

Nos écrivains classiques, dont les œuvres ont fait d'ailleurs progresser la langue française, se sont nourris de l'antiquité. Les écrivains de la

nouvelle école, en exhumant les richesses intel-
lectuelles du Nord et du Midi, et en retrempant
leur inspiration dans les chants populaires de
l'Estonie, de l'Albanie, de la Hongrie, de l'Espagne et du pays Basque, ont ainsi l'honneur de
nous avoir fait connaître la suavité de ces fraîches créations et d'avoir donné à la poésie française une originalité inconnue même des romantiques les plus célèbres.

Nous ne donnerons pas ici la définition de la
poésie populaire. Nous renvoyons le lecteur à
l'*Histoire de la Poésie* (1). Cet excellent travail,
dû à la plume infatigable de notre cher maître,
M. Thalès Bernard, a été récemment honoré de la
souscription de S. Exc. le maréchal Vaillant et
désigné par le ministre de l'instruction publique
comme pouvant être offert en prix dans les collé-
ges, ce qui lui donne, dès ce moment, un carac-
tère classique.

Nous félicitons l'auteur des *Mélodies Pastorales*
du nouveau succès qu'il vient d'obtenir, et nous
nous permettrons de citer quelques-uns de ses
vers afin de faire connaître la nouvelle école de
poésie populaire qui surgit en France et qui pré-
occupe aujourd'hui les hautes intelligences.

Tout le monde comprendra que M. Thalès Bernard, créateur d'une nouvelle théorie de la poésie, se soit insurgé contre les froides combinai-
sons de la rhétorique, et qu'il s'en soit écarté
pour s'abreuver plus librement aux sources les

(1) Un fort volume d'environ 900 pages; prix 11 fr. S'a-
dresser, à M Thalès Bernard, rue des Feuillantines, 100, à
Paris.

plus pures de la nature ; c'est ce qu'il exprime
dans la pièce de vers adressée *aux Rhéteurs* et
dont nous transcrivons ici quelques strophes :

> Les rhéteurs, prodiguant l'injure
> A mes vers nés sous les berceaux
> Ont bien montré que la nature
> Ne parle pas au cœur des sots.
>
> Il leur faut la phrase ronflante
> Qui sonne à vide et ne dit rien.
> Moi, je méprise, quand je chante,
> Aristote et Quintilien.
>
> C'est pour d'autres que sont les règles,
> Car j'ai planté mon fier drapeau
> Sur la roche où planent les aigles,
> Dans la lande où paît le troupeau.
>
> . . . .
> Silence donc, vieilles charpentes,
> Vénérables antiquités !
> Comme Achille entrez sous vos tentes,
> Car vous n'êtes plus écoutés.
>
> Jadis, dans votre voix amie,
> Nous trouvions l'écho de nos cœurs ;
> Mais vous tournez à la momie :
> Endormez-vous ; adieu, rhéteurs !

Et quelques stances plus loin :

> Le premier, j'ai fait dans ma tête
> La synthèse des temps nouveaux,
> Et j'ai recueilli pour conquête
> Les injures et les bravos ! etc.

Malgré les noires clameurs de l'envie, ne vous
découragez pas, cher maître : poursuivez toujours

l'œuvre que vous avez entreprise, car vous savez que l'injure est la couronne d'épines qui a de tout temps fait saigner le front des novateurs ; mais aussi quelle douce jouissance, après avoir souffert de l'injustice des hommes, de recueillir leurs bravos qui prouvent aux envieux que votre idée a germé dans les cœurs et qu'elle produira bientôt des fleurs et des fruits qui seront votre récompense !...

Nous dirons hautement que M. Thalès Bernard a droit d'être fier des succès qu'il a obtenus, et c'est avec plaisir que nous remarquons, parmi ses fervents disciples M. Achille Millien, auteur de la *Moisson*, *des Chants Agrestes* (1), qui a été couronné l'année dernière par l'Académie française et qui s'est placé par ses brillantes productions au rang des maîtres de la nouvelle école ; puis, M. Auguste Lestourgie, auquel M. le marquis de Laincel a fait l'honneur de reproduire une charmante pièce, *Maître Jean*, dans sa remarquable histoire de la poésie provençale.

Nous avons encore applaudi, dans la *Tribune Lyrique*, quelques jolies pièces de divers auteurs, pièces empreintes des sentiments exquis et des franches allures que la nouvelle école a mis en honneur. Parmi ces poésies nous designerons particulièrement au lecteur une délicieuse création signée F. E. Adam et intitulée : *Jean le Farinier*.

Pour donner une autorité incontestable à l'opi-

(1) *La Moisson, les Chants Agrestes*, chez E. Dentu, libraire-éditeur, Palais-Royal, 13, Galerie vitrée.

nion que nous venons d'émettre, nous ne devons pas oublier de nommer l'auteur de *Marizka* et d'une foule de gracieuses poésies, qui se rapprochent par leur simplicité, le charme du style et les sources où elles ont été puisées, des meilleures productions qui honorent les écrivains les plus éminents de la poésie populaire. Sainte-Beuve, le célèbre critique du *Constitutionnel*, dit dans une de *ses Causeries du Lundi* : « Nicolas « Martin mêle à son inspiration française une « veine de poésie allemande. Il a un sentiment « domestique qui lui est familier et l'on croi-« rait qu'il a quelque sylphide des bords du Rhin « pour marraine. » Cette appréciation est juste et nous ne pouvons nous empêcher de reproduire, pour venir à l'appui des paroles du grand écrivain, une pièce pleine de sentiment que nous avons cueillie dans les œuvres de M. Nicolas Martin ; nous avons la conviction intime que le lecteur nous en saura gré.

LES DEUX FEUX ET LES DEUX CHANTS.

Comme en hiver un pâtre entretient une flamme,
J'excite ma pensée et j'attise mon âme.

Il se chauffe au bois mort glané sur la hauteur ;
Je chauffe ma pensée aux rayons de mon cœur.

Il chante, en attendant que le soleil décline ;
Je chante, quand la lune argente la colline.

Il répète un vieil air appris dès le berceau ;
J'essaye un nouveau chant sur un mode nouveau.

Il n'élève la voix qu'afin d'oublier l'heure,
La plus longue chanson est pour lui la meilleure ;

J'entonne un chant toujours facile à retrouver,
Un chant court, qui pourtant fasse longtemps rêver.

Maintenant que le lecteur a fait connaissance avec le talent plein d'originalité de M. Nicolas Martin, nous ne pouvons nous empêcher de divulguer l'honorable distinction qui est venue le trouver et le récompenser des recherches consciencieuses qu'il a faites et des travaux sans nombre dont il a enrichi la littérature contemporaine; mais laissons la parole à M. Charles Loandre, rédacteur en chef du *Journal général de l'instruction publique*, qui, relativement à cette récompense, s'exprime ainsi : « Nous avons lu
« avec une vive satisfaction, sur la liste des pro-
« motions dans la Légion-d'Honneur, le nom
« d'un écrivain dont les importants travaux sur
« la littérature allemande ont enrichi le *Journal*
« *général* et les *Revues*. Nous avons nommé un
« poète distingué, M. Nicolas Martin, à qui les
« portes de l'enseignement supérieur avaient été
« ouvertes par M. de Salvandy, à la suite d'une
« mission littéraire en Allemagne que lui avait
« confiée cet éminent ministre.
« Le talent élevé et pur de M. Nicolas Martin,
« ses poésies, où se mêlent dans une harmonie
« les nuances délicates de l'esprit français et la
« sensibibilité rêveuse du génie allemand, le dési-
« gnaient depuis longtemps à la distinction dont
« il vient d'être l'objet et qui n'est pour lui qu'un
« acte de tardive justice. »

Déjà, les poèmes (1) de M. Nicolas Martin ont eu l'honneur de plusieurs éditions ; nous les recommandons aux jeunes écrivains de la nouvelle école ; ils y trouveront des imitations de Wilhelm Muller, d'Uhland et du poète madgyare Mimbsch, où ils pourront retremper les juvéniles conceptions de leur poétique imagination.

Nous sommes à la fois heureux et fier de constater la marche ascendante des idées de notre cher maître, M. Thalès Bernard ; ce qui prouve surabondamment, malgré les sarcasmes des gens malintentionnés et des routiniers de l'ancienne littérature, qu'il a eu raison de défendre et de préconiser dans ses écrits les nouvelles théories de l'art poétique.

Avant de citer d'autres poésies, disons que la *Revue des deux Mondes*, la *Gazette de France*, le *Siècle* et la *Revue française* applaudirent aux efforts de M. Thalès Bernard et reconnurent qu'il avait trouvé dans la poésie des sentiers inconnus jusqu'alors des poètes contemporains dont s'honore la France.

Un journal littéraire, le plus célèbre de toute l'Allemagne, consacra spontanément à la nouvelle école une appréciation dont nous citons un extrait :

« Dans son volume de *Poésies Nouvelles*, M. Thalès Bernard cherche à indiquer une nouvelle direction à la littérature française. Ce volume renferme une trentaine d'imitations de chants allemands, écossais-finois, estoniens, hon-

(1) L'auteur en prépare une édition nouvelle, qui sera fort augmentée.

grois et roumains. On y trouve de plus des
inspirations originales puisées à la fraiche source
de la poésie populaire. Mais, en même temps,
l'auteur professe de son admiration pour les
éternels chefs-d'œuvre de la littérature antique,
ce qui l'a préservé des erreurs qu'on est néces-
sairement entraîné à commettre lorsqu'on regarde avec trop d'engouement les créations
souvent informes de la poésie populaire. Incon-
testablement, l'introduction de celle-ci dans la
poésie française est une tentative qui mérite
beaucoup de considération. Une grande sensibilité, une poésie de la nature qui revêt tour à tour
les couleurs éclatantes du Midi et les teintes
brumeuses des horizons du Nord, un style
imagé, bien éloigné de cette sécheresse logique
qu'on aime tant en France; enfin, des paysages
et des rêveries sentimentales traités à la manière
allemande distinguent ces *Poésies nouvelles*. Si
elles abordent rarement le terrain politique et
social, les fleurs sauvages y répandent leurs
arômes, les sources des bois y murmurent, les
esprits de la nuit s'y promènent et les fantaisies
de l'amour y projettent leurs arabesques. (1) »

Maintenant le lecteur examinera si les réflexions
du critique allemand sont justes; pour cela, nous
soumettons à son appréciation une poésie que
nous prenons au hasard dans les *Mélodies Pastorales*, et dans laquelle nous trouvons cet abandon,
cette facilité, ce charme indécis qui nous attirent

(1) Blaetter fur literarische unter hultung du 24 décembre
1857.

et qui nous bercent en nous plongeant dans une vague rêverie.

Voici cette pièce :

L'ADOLESCENT.

—

I.

Il a quinze ans passés. Il est beau comme un ange.
C'est un enfant encor; mais déjà son cœur change,
Et malgré des efforts qu'il voudrait éviter,
La passion en lui commence à palpiter.
Regarde bien, poète, avec quelle tendresse
Il baise sur le front sa mère en cheveux blancs;
Mais il cherche des yeux dans sa muette ivresse
Une fille aux cils blonds qui s'avance à pas lents.
Il ne sait ce qu'il veut; cependant il désire,
Et son cœur inquiet se tourmente et soupire.

II.

Le parc est magnifique aux rayons du couchant,
Les oiseaux babillards font résonner leur chant;
Les ruisseaux argentins se perdent sous les herbes,
Les genêts parfumés s'éparpillent en gerbes,
Et dans les bois épais, où le jour luit encor,
Le soleil embrasé flamboie en flèches d'or.
Mais lui, l'adolescent, abandonnant sa mère,
Dans les sentiers secrets va suivre sa chimère;
Au bord des frais gazons il erre avec langueur
Écoutant tout surpris les soupirs de son cœur.
Verdure, fleurs, oiseaux, fontaines et feuillages
Tout sourit avec lui, tout lui tient un langage
Qu'il ne peut expliquer, bien qu'il en soit ravi;
Il reprend le chemin qu'il a déjà suivi,
Tourne, se perd, revient dans la forêt profonde,
Et, las de celui-ci, désire un autre monde.
Que veut-il donc, l'enfant? Pourquoi tant soupirer?

Pourquoi, s'il est heureux, se cacher et pleurer?
Il se trouve à l'étroit et son âme murmure;
Cet Univers lui semble une prison obscure;
Il lui faudrait plus d'air, un plus vaste horizon,
Ses pieds impatients déchirent le gazon ;
Car à de grands combats son âme est déjà prête,
Et de sublimes vœux se heurtent dans sa tête.
Peut-être est-ce l'amour qui le tourmente ainsi,
L'amour qui forme en nous un éternel souci?...
Lui-même n'en sait rien, sa torture est trop vague,
Son cœur bouleversé roule comme une vague;
Mais sans pouvoir parler il sait qu'un homme doit
Se mêler aux combats qu'il entend et qu'il voit,
Et qu'avant de tomber là-bas où l'ombre est noire
Il faut couvrir son nom de grandeur et de gloire.

Et pourtant celui-ci qui paraît si hautain,
Quand de la vie à peine il touche le matin,
On le verra peut-être avant que deux années
Se soient sur les coteaux de feuilles couronnées,
L'esclave sans fierté de la fille au cœur dur
Qui fredonne là-bas en fauchant l'épi mûr.

La pièce que nous venons de transcrire est une
heureuse imitation en notre langue du poète espagnol Antonio de Trueba, auteur du *Libro de los
Cantares*, qui a beaucoup de sensibilité, qui s'est
inspiré des poésies populaires du pays Basque et
qui, dans la préface de la 4e édition de son livre,
s'exprime ainsi :

« Le peuple est un grand poète, parce qu'il
possède à un haut degré le sentiment qui, d'après
moi, est l'âme de la poésie. Son expression est
généralement vulgaire ; mais, en revanche, il sent
beaucoup, et il serait difficile de trouver un genre
qui ne lui soit point familier. »

Nous partageons pleinement son idée, et nous
sommes heureux de voir qu'en France, comme

en Espagne, des hommes d'un mérite réel se sont empressés de fouiller dans les archives du peuple afin de nous faire apprécier et connaître les trésors de cette nouvelle poésie. Th. Hersart de la Villemarqué nous a déjà initié dans son *Barzac-Breiz* aux chants populaires de la Bretagne; Fauriel, à ceux de la Grèce moderne; Guillaume Muller, à ceux de l'Italie; Alexandri, à ceux de la Roumanie, et Wolf, à ceux de la Suède, etc., etc. Le capitaine Duvoisin, notre compatriote, s'occupe, dit-on, à recueillir ceux du pays Basque, qu'il doit faire paraître, texte et traduction en regard. Nous le désirons du fond du cœur pour nous et pour les poètes de la nouvelle école, qui pourront rajeunir leur inspiration dans des poésies pleines de fraîcheur, écloses sans cultures, comme une fleur sauvage, dans les pittoresques vallons de la Cantabrie.

Nous regrettons de n'avoir pas assez d'espace pour citer les pièces dont les titres sont : *Strophes aux Blondes*, où l'on rencontre des vers d'une douceur inexprimable; *Couronne Agreste*, chef-d'œuvre de sensibilité poétique, et une foule d'autres, égales en mérite, en valeur, et qui font l'éloge de la poésie populaire.

Terminons cependant en offrant au lecteur une petite pièce intitulée : *La Lune d'Eté*. C'est une modeste fleur, exhalant les parfums les plus doux :

Le soleil brille encor dans l'azur immobile,
Bien que déjà son disque incline à l'horizon,
Et la lune paraît et se lève tranquille,
Blanche comme une fleur émaillant le gazon.
Son visage si pâle étonne le poète,

Car il attriste un peu la majesté du jour.
C'est ainsi que souvent, au milieu d'une fête
Tout-à-coup reparaît un souvenir d'amour.

Avant de clore cette notice, disons que nous se-
rions heureux de voir figurer M. Thalès Bernard
parmi les membres de l'Académie française. Le
chef de la nouvelle école mériterait cette haute
position littéraire dans laquelle il pourrait rendre
d'utiles services aux jeunes écrivains de talent
qui luttent avec énergie contre les exigences de
l'époque. C'est un vœu que nous formons avec
la conviction qu'on rendra tôt ou tard justice au
mérite incontestable et à l'érudition de cet écrivain distingué, dont la plume inépuisable a doté
la littérature française de plusieurs écrits remarquables. Ajoutons encore que devant les éclatantes adhésions qui ont salué dans toute l'Europe
les premiers essais de la poésie populaire en
France, la critique doit se taire ; c'est pour cela
qu'au lieu de chercher quelques défauts dans
l'œuvre de notre cher maître, M. Thalès Bernard,
nous nous sommes incliné devant l'hommage
qui lui a été rendu et que nous avons tâché de
faire comprendre dans notre travail la portée de
la régénération littéraire dont il est l'apôtre.

Avons-nous réussi ? Nous l'ignorons.

Quoi qu'il advienne, nous consacrons notre
bon vouloir au triomphe de la nouvelle école,
qui mérite toutes les sympathies, et que l'Académie française elle-même a sanctionnée en 1858
et en 1860, en décernant à M. Thalès Bernard
deux prix mérités par ses poésies si remarquables
à tous égards.

UNE VOIX

DE

CANTABRIE.

POÉSIES DIVERSES

PAR

N. MARTIN, THALÈS BERNARD, ACH. MILLIEN, AUG. LESTOURGIE,
F.-E. ADAM ET J.-B. FITERRE.

A M. HENRY DEBIAS,
Directeur des douanes.

Les vallons de la Cantabrie
Se réveillent à mes accents,
Et l'ange de la poésie
Berce mon cœur de ses doux chants.

Toutes les voix de la nature
Donnent la vie à mes concerts,
Brise qui fuit, vent qui murmure
Viennent soupirer dans mes vers.

En frissonnant, battant de l'aile,
Mes chants, graves, légers et doux,
Rapides comme l'hirondelle
Fendant les airs s'en vont chez vous.

Accueillez-les !... et, plein d'audace,
Oui vous me verrez sans pâlir,
Gravir les sommets du Parnasse,
Jeter mon nom à l'avenir !...

J.-B. FITERRE.

2

LE PAYSAN AU CIEL.

—

A la porte du ciel comme un riche arrivait,
Un pauvre paysan dans un coin s'y trouvait.

Le riche frappe, on ouvre; il entre d'un pied ferme,
Et sur le paysan la porte se referme.

Saint Pierre, assurément, si bon et plein de soin,
N'avait pas aperçu le pauvre homme en son coin.

Le pauvre homme pourtant par degrés se rassure,
Jusqu'à risquer un œil au trou de la serrure.

Il voit aux vertueux tous les bonheurs prédits
Et toutes les splendeurs! Il voit le paradis!

Il voit les séraphins, les anges, les archanges
S'avancer vers le riche en chantant ses louanges!

L'encens fume, il s'élève un hymne universel;
Les cloches à l'envi carillonnent au ciel!

Du pauvre paysan l'oreille et la paupière
N'en peuvent plus, il frappe. « Entrez, lui dit saint Pierre;

« Entrez et partagez avec les bienheureux
Tous les divins plaisirs qui sont ici pour eux. »

Le brave homme aussitôt, comme avait dit l'apôtre,
Entre et jouit de tout à l'égal de tout autre.

Nulle cloche pourtant ne s'ébranle pour lui,
Et les divins archets restent dans leur étui.

« Les honneurs pour le riche au ciel comme sur terre »
Pensa le paysan — qui fit bien de se taire.

« Vous avez tort, » lui dit saint Pierre qui passait,
Pénétrant d'un coup d'œil ce que l'homme pensait.

« Voyons, n'avez-vous pas, répondez mon brave homme,
Des célestes trésors chacun la même somme?

« On ne peut pourtant pas, soyez juste, lasser
Les bons anges du ciel, ni fêler ou fausser

« Les cloches, en sonnant pour vous, pour vous encore,
Du matin jusqu'au soir et du soir à l'aurore!

« Car ils vont tous au ciel les pauvres paysans!
Quand un seul riche, au plus et tous les cinq cents ans,

« Y vient, c'est bien le moins qu'on fête son approche
Et qu'on fasse sonner grande et petite cloche. »

N. Martin.

LA NUIT.

O pâtre à la figure brune
Qui jamais ne descend d'ici,
Comment peux-tu rester ainsi
A regarder la pâle lune?

— Jour et nuit, veillant les grands bœufs.
Debout sur la pente, je rêve;
Que l'étoile tombe ou s'élève
Je reste toujours avec eux.

— Mais que fais-tu sur la bruyère?
O pâtre, tu dois t'ennuyer
Lorsque la brume vient noyer
Le blanc soleil dans la clairière.

— J'écoute le merle chanter;
Dans les bois où courent les lièvres,
Je parle et ris avec mes chèvres,
Je regarde le faon sauter.

— Vain plaisir qui délasse une heure;
Moi, le temps me semble infini!
Mais quand le couchant s'est bruni,
Que peux-tu faire en ta demeure?

— Orné de ses astres divers,
La nuit, le ciel paraît plus ample ;
Mon âme y plonge, et je contemple
La lune sur les arbres verts.

— Rude berger, ta voix m'étonne ;
Ton cœur est-il donc toujours gai ?
Des bois n'es-tu pas fatigué
Lorsqu'au vallon pleure l'automne ?

Les feuilles sont de pourpre et d'or
Quand l'humide septembre arrive,
Le fleuve déborde sa rive,
La caille reprend son essor !

Ainsi toujours seul et tranquille,
O berger, tu ne voudrais pas
Du rocher descendre plus bas
Pour aller vivre dans la ville ?

— Jour et nuit, gardant les grands bœufs,
Debout sur la pente, je rêve ;
Que l'étoile tombe ou s'élève,
Je reste toujours avec eux !...

THALÈS BERNARD.

LA FAIM.

—

Ma mère, j'ai faim, j'ai bien faim !
— Attends, ô fils de mes entrailles,
Nous allons faire les semailles,
Et bientôt nous aurons du pain !

Ma mère, j'ai plus faim encore !
— Dans ton berceau reste couché ;
Attends que le blé soit fauché
Sur les sillons que l'été dore !

La faim me donne le frisson !
— Voici l'épi jaune qui tombe,

Attends encore, ô ma colombe,
Il nous faut moudre la moisson.

Ma mère, ton enfant expire !
— Attends jusqu'à la fin du jour ;
Encore une heure, ô cher amour !
La lourde pâte, il faut la cuire.

Dans le four où la cendre dort,
On met la pâte ferme et ronde,
Et lorsqu'enfin l'angelus gronde,
Le pain est cuit, — l'enfant est mort !

THALÈS BERNARD.

UN ENFANT.

—

Je les voyais riants, et la main dans la main
Tous deux, vers l'avenir dont l'appel nous convie,
Suivre d'un pied léger le chemin de la vie,
Et l'espoir devant eux fleurissait le chemin.

Aux terrestres revers qui pourrait se soustraire ?
L'heure sinistre vint pour eux : vaillants toujours,
Unis dans les mauvais comme dans les beaux jours,
Ils portaient sans fléchir la fortune contraire.

Or, le père mourut, un hiver, délivré
Des maux qui d'ici-bas sont le lot nécessaire ;
Mais, laissant sa compagne en butte à la misère,
Il partit l'œil en pleurs et le cœur bien serré !

La mère avait un fils, enfant pâle et débile ;
Son front déjà pensif, portait au plus sept ans.
Près du père sans vie ayant pleuré longtemps,
Il se tenait debout, les yeux secs, immobile.

Et tandis qu'on clouait les planches de sapin,
— La veuve jusqu'au fond buvait l'épreuve amère. —
Il lui dit l'embrassant : « Console-toi, ma mère,
« Je reste encore ici pour te gagner du pain ! »

ACHILLE MILLIEN.

MAITRE JEAN.

--

Salut, maître Jean, tu fis donc fortune,
Eh! te voilà mis comme nos bourgeois?
Oh! le bel habit! — J'ai ma veste brune
Epaisse et velue ainsi qu'autrefois!

Tu partis un jour, malgré la famille,
Ah! je m'en souviens! mais nous vieillissons,
Et plus d'une alors était jeune fille,
Qui ne chante plus de tendres chansons.

Tu voyais pleurer ton père et ta mère...
Le chien du logis grognait à tes pieds...
Et le vieux pasteur, d'une voix sévère,
Te disait : Enfant! vous nous oubliez.

Mais pour un peu d'or... ou beaucoup — qu'importe?
Ton cœur resta sourd à toutes les voix ;
Tu pris ton bâton, tu franchis la porte,
Moi je suis resté plus sage, je crois.

Mon chaume est là-bas auprès des grands chênes ;
Ma vigne fleurit tous les vents d'été,
Et Jeanne pour moi met aux coupes pleines
Avec le bon vin sa franche gaieté.

Mon père est bien vieux, mais il sait encore
Tracer sans trembler un large sillon,
Ma mère en filant sourit dès l'aurore
Aux marmots blottis dans son cotillon.

Parfois il est vrai nous avons nos peines ;
La grêle, un matin, perdit nos moissons.
Mais Dieu vient en aide aux âmes sereines,
Et tous sans remords nous le bénissons.

Et toi maître Jean sous ta mine fière
Es-tu plus heureux, tout riche et puissant;

Ta mère est là-bas dans le cimetière,
Et ton père est mort en te maudissant !...

Auguste Lestourgie.

JEAN LE FARINIER.

Jean le beau farinier s'est mis à sa fenêtre ;
Il est seul et rêveur, et, depuis ce matin,
Il est là, bras croisés, et regarde peut-être
Le nuage qui passe à l'horizon lointain.

Le tic-tac du moulin réjouit le village,
L'eau, brillante au soleil, retombe en perles d'or,
L'oiseau cache son nid aux arbres du rivage
Et le faneur lassé près du ruisseau s'endort.

Tout joyeux d'un beau jour, les poissons font reluire
Leurs écailles d'argent parmi les nymphéas,
Et les blancs papillons qu'une fleur peut séduire
Caressent les iris et ne s'y posent pas.

Les moineaux dans les prés becquettent la cerise
Au sein de la verdure étalant ses rubis,
Et la jeune moisson au souffle de la brise
Comme un lac aux flots purs voit courir ses épis.

Jean, le beau farinier, est-il donc si poète
Qu'il rêve ainsi ? Depuis deux heures, vainement,
La cloche du moulin en tintant lui répète :
— « Allons, meunier ! ta meule a besoin de froment ! »

Pauvre Jean ! que lui font les vallons et la plaine ?
Il ne laisserait pas son moulin pour les voir ?
Non certes ; mais là-bas il a vu Madeleine
Cheminer sur le bord et descendre au lavoir !

F.-E. Adam.

LE VIEILLARD.

A M. HENRY DEBIAS,

Directeur des Douanes et des Contributions Indirectes.

C'était un beau vieillard, l'honneur de son village,
A peine sentait-il le lourd fardeau des ans ;
Une mâle quiétude animait son visage
Quand, seul, il s'en allait tout rêveur par les champs.

Assis au bord de l'eau, sur un vieux banc de pierre,
Au soleil je l'ai vu se chauffer bien souvent,
Et suivre du regard au fond de la rivière,
La truite tachetée aux écailles d'argent.

Un matin qu'il était sur la berge fleurie,
Adossé tout pensif contre une vieille tour,
Je m'approche et troublant sa douce rêverie,
Je lui tendis la main en lui disant : Bonjour.

Et je lui demandai, sans peur de lui déplaire :
A quoi songez-vous donc? — Et lui me répondit :
« Je songe que pour l'homme ici tout est mystère,
« Si l'esprit du Seigneur sur lui ne resplendit.

« En vain comme un éclair dévorons-nous l'espace,
« Sur de rapides chars qu'emporte la vapeur ;
« En vain franchissons-nous des montagnes de glace,
« Faibles mortels la gloire en revient au Seigneur.

« Lui seul dans la vapeur mit une force active,
« Si l'homme à s'en servir un jour est parvenu,
« C'est que Dieu l'inonda d'une lumière vive,
« Et que d'en haut sur lui l'esprit est descendu.

« L'homme invente ici-bas des merveilles sans nombre,
« Il sonde la nature, interroge les cieux :
« Des textes incompris il dissipe les ombres
« Et cherche les secrets que Dieu cache à nos yeux.

« Il voudrait soulever le coin de tous les voiles,
« Il voudrait s'élancer jusqu'au trône éternel,
« Et de l'immense azur explorant les étoiles
« Pour nous éblouir tous ravir le feu du ciel.

« Et lorsque le Seigneur sourit à son audace
« Qu'il déchire pour lui le voile ténébreux,
« Au lieu de le bénir et de lui rendre grâce
« Il jette vers le ciel un regard dédaigneux.

« Mais malgré le savoir de ce fils de la terre,
« Malgré la vanité qui dévore son cœur,
« Malgré tout son esprit je lui défends de faire
« Un papillon vivant posé sur une fleur. »

A ces mots le vieillard descendit la colline,
Et je le vis se perdre au détour du grand bois
Qui borde le versant de l'agreste ravine,
Tandis qu'en moi vibrait encor sa douce voix.

J.-B. Fiterre.

LE RUISSEAU DES LIS.

LÉGENDE.

A M. J.-B. Etcheverry,
Député au Corps Législatif.

Un jour l'enfant Jésus tout seul se promenait
Et sur son avenir en marchant méditait.

Tous les petits oiseaux cachés dans le feuillage
De leurs chansons d'amour saluaient son passage.

Le soleil qui trônait dans le bleu firmament
Fit d'un de ses rayons un nimbe éblouissant,

Qui, descendant du ciel de sa splendeur bénie,
Vint couronner le front du blond fils de Marie !

Las de marcher, Jésus, au bord d'un frais ruisseau.
S'assit et s'endormit au gazouillis de l'eau.

Le clair susurrement de son onde qui coule
Prolongea son sommeil loin des bruits de la foule.

Lorsqu'il se réveilla, derrière les grands monts
L'astre du jour cachait l'éclat de ses rayons.

Et de Vesper déjà la tremblante lumière
De son regard furtif éclairait la chaumière.

Pâtres et laboureurs regagnaient les hameaux,
Les chiens en aboyant escortaient les troupeaux.

L'ombre qui s'allongeait semblait dire : C'est l'heure
Où le repos attend l'homme dans sa demeure !

Prêt à quitter ces lieux, Jésus, se retournant,
Dit à l'humble ruisseau qui fuyait gazouillant :

« Merci petit ruisseau de ton joyeux murmure
« Qui berça mon sommeil sur la molle verdure.

« Pour te récompenser je veux que le gazon,
« D'où j'entendais le bruit de ta douce chanson,

« Se couvre de beaux lis à la flexible tige
« Où du matin au soir le papillon voltige. »

A peine a-t-il parlé que soudain cette fleur
Fit éclater partout sa royale blancheur.

Et depuis ce moment sa corolle splendide
Verse son frais parfum sur le ruisseau limpide.

J.-B. FITERRE.

CANTILÈNE.

—

A Mme J.-B. ETCHEVERRY.

—

L'onde s'enfuit limpide
En réflétant l'azur,
Et ma barque rapide
Vogue sous un ciel pur.
C'est l'heure où la lumière
Dore le vert coteau,
Où la fleur printannière
Se balance sur l'eau.

C'est l'heure où le feuillage,
Frissonnant sous le vent,
Parle un vague langage
Qu'on écoute en rêvant ;
C'est l'heure fugitive
Où, près du vieil ormeau,
Jeune fille pensive
Suit le courant de l'eau.

C'est l'heure matinale
Qui captive le cœur,
Où chaque fleur exhale
Une suave odeur ;
L'heure mystérieuse
Qui sourit au berceau,
Brillante et lumineuse
Comme un rayon sur l'eau.

C'est l'heure où la nature
Charme, éblouit les yeux,
C'est l'heure où le murmure
De l'onde monte aux cieux :

C'est l'heure où l'âme humaine
Vers un monde nouveau
Glisse et vole sans peine,
Comme un esquif sur l'eau.

J.-B. FITERRE.

AU BORD DU RUISSEAU.

DÉDIÉ A M. CHARLES BOULART.

Cantaban los pajaritos
Olian las azucenas,
Eran azules los cielos
Y claras las fuentes eran.

ANTONIO DE TRUEBA.

I.

C'était au mois d'avril : l'air était pur et frais.
La nature, à mes yeux, étalait ses attraits :
Et, seul, j'allais joyeux, dans les vertes campagnes,
Libre comme un chamois humant l'air des montagnes.
Mille petits oiseaux chantaient, et leurs chansons
A peine réveillaient les échos des vallons.
Tout respirait l'amour, le bonheur, et la vie
D'un prisme éblouissant semblait être embellie...
Des arbustes en fleurs les parfums embaumés
Par le vent du matin étaient partout semés.
Le ciel étincelait et les claires fontaines
Roulaient des flots d'argent sur le tapis des plaines,
Quand je vis une vierge, au bord d'un clair ruisseau,
Une vierge, une enfant, une fleur du hameau
Qui seulette chantait et s'ébattait joyeuse
En contemplant dans l'eau sa figure rieuse.

Son front était d'ivoire et l'azur de ses yeux
Etait limpide et pur comme l'azur des cieux !...
Ses cheveux d'un blond d'or que le zéphir secoue
Relevaient l'incarnat des roses de sa joue.
Tout en elle charmait : sa grâce, sa beauté
Donnaient plus de candeur à sa simplicité,
Et lorsqu'elle entr'ouvrait ses lèvres purpurines,
L'œil admirait ravi deux rangs de perles fines !...
Elle avait bien seize ans et sa jeunesse en fleur
Répandait autour d'elle un parfum de bonheur.
Sans l'ombre d'un souci, peignant sa tresse blonde,
Elle lavait ses mains dans le courant de l'onde.

II.

M'approchant, je lui dis : — Doux charme de mes yeux,
Oui, Dieu te fit bien belle, et les anges des cieux
Voudraient t'avoir parmi les vierges immortelles
Pour t'appeler leur sœur... Tiens, prends ces fleurs nou-
[velles,
Tiens, elles sont à toi. Pour briller, ta beauté,
Enfant, n'a pas besoin de l'éclat velouté
De ces fleurs ; mais pourtant, si tu les prends, plus belle.
Tu brilleras encor. — Garde-les, me dit-elle,
J'ai bien assez des fleurs que Dieu, dans son amour.
Daigna verser sur moi quand je reçus le jour.
Garde donc ton présent, je n'en saurais que faire !
— Qui te parle de fleurs ?... lui dis-je avec colère,
Qui te parle, dis-moi, de ta fraîche beauté ?...
— Les bergers du canton et ce lac argenté
Reflétant, chaque jour, dans son miroir immense,
Le ciel et les fleurs d'or que la brise balance,
M'en parlent quelquefois, me dit la belle enfant
D'un air moitié fâché, d'un air moitié riant.
Et, sans se déranger, peignant sa tresse blonde,
Elle lavait ses mains dans le courant de l'onde.

III.

— Puisque tu ne veux pas ces fleurs au vif carmin,

Blonde fille des champs, viens, donne-moi la main,
Nous irons nous asseoir à l'ombre du grand chêne,
Exhumant du passé quelque légende ancienne,
Là je te conterai les récits éclatants
Des chevaliers, des preux, des hardis conquérants
Dont les exploits divers et les titres de gloire
Par les vieux chroniqueurs sont gravés dans l'histoire.
— Cela me plaît encore beaucoup moins que tes fleurs ;
Je n'ai jamais aimé les jeunes gens conteurs,
Car notre bon curé prêche dans le village
D'éviter avec soin leur séduisant langage,
Et de ne point courir avec eux dans les champs
Quand la nature en fleurs embaume le printemps.
— Voilà ce que me dit en souriant la belle.
Je la quittai soudain, et je m'enfuis loin d'elle,
En proie au noir chagrin, triste, fou, furieux,
Des pleurs, même des pleurs, vinrent mouiller mes yeux.
Mais elle, sans souci, peignant sa tresse blonde,
Lavait ses blanches mains dans le courant de l'onde.

IV.

J'étais muet, confus ; une sombre douleur
Déchirait sans pitié les fibres de mon cœur !...
Je courais dans les bois, et la fraîche vallée
Fut témoin des sanglots d'une âme désolée !...
— Je marchais devant moi, je désirais mourir,
Car un morne chagrin venait de m'envahir !
Je détestais les fleurs et l'astre de lumière
Qui répand sa clarté sur la nature entière !...
— Mes pas me ramenaient toujours près du ruisseau
Où je vis une fois la vierge du hameau,
Mais j'eus beau revenir cent fois dans la semaine
Vers le ruisseau d'argent qui rafraîchit la plaine,
Je n'y revis jamais l'enfant aux yeux si doux
Dont j'aurais plus voulu devenir l'humble époux.
Elle n'était plus là peignant sa tresse blonde
En se lavant les mains dans le courant de l'onde.

J.-B. FITERRE.

LE CHANT DES PIGNADARS.

—

A MON CHER MAÎTRE THALÈS BERNARD.

—

La verte aiguille du pin,
Sous le vent frais qui soupire
A l'aube chaque matin,
Comme une corde de lyre
Module un touchant refrain.

Les senteurs de la bruyère
Et des genêts d'or fleuris,
Doux parfums de notre sphère,
S'envolent avec mystère
Et montent au paradis !...

La jeune abeille se pose
En bourdonnant sur la fleur ;
Chaque jour elle compose
Du suc de la fraîche rose
Un miel d'or plein de douceur.

La plaintive tourterelle
Soupire dans les pins verts,
Et du geai qui se querelle,
La voix moqueuse se mêle
A la grande voix des mers !

Du brun résinier qui chante,
Occupé de ses travaux,
La voix sonore et vibrante,
En jetant sa note ardente,
Réveille au loin les échos.

Le pâtre assis sur la dune,
Sur la dune aux plis mouvants,
Tricotte et rêvant fortune
Sur les lets (1) de sa commune
Fait paître ses moutons blancs.

La jeune fille rieuse,
En ramassant le bois mort,
Belle comme une amoureuse,
Fredonne et, l'âme joyeuse,
Dans les bois prend son essor.

Et sous le soleil qui brille,
Le moissonneur à l'œil sûr,
Entouré de sa famille
Renverse avec sa faucille
A ses pieds le seigle mûr.

J.-B. FITERRE.

L'ENFANT.

—

A MON COUSIN, GERMAIN DARRICAU.

—

Un jour, un jeune enfant, au bord d'une rivière,
Tendait ses petits bras vers un cygne d'argent
Qui n'ageait dans des flots d'azur et de lumière ;
Mais il tomba dans l'onde et le flot murmurant
Le couvrit à jamais ainsi qu'un blanc suaire.

L'amour, comme le cygne, appelle en souriant
Le poète inspiré pour qui la vie est belle,
Qui chante son bonheur sur sa lyre immortelle.

(1) *Lets*, petites vallées entre les dunes de sable. *(Note de l'auteur.)*

La fleur verse à ses pieds un parfum odorant ;
Mais si son rêve fuit ainsi qu'une étincelle,
Noyé dans son chagrin il meurt comme l'enfant.

J.-B. FITERRE.

IDÉAL.

—

A Mme LA COMTESSE DE BRANCION,

Sous-Gouvernante des Enfants de France.

—

Idéal, doux pays, où chaque jour, l'aurore
Se lève en souriant ; où les fleurs sous les pas
Répandent des parfums qu'en ce monde on ignore ;
Bel idéal, qu'on cherche et qu'on ne trouve pas ;

Idéal, rayon d'or qui luit et s'évapore ;
Mirage éblouissant auquel on tend les bras ;
Palais mystérieux qu'un art divin décore,
Oh ! toi, vers qui j'aspire, où te trouver, hélas !

Idéal, Idéal, doux rêve de mon âme,
Lorsque je songe à toi, mon pauvre cœur s'enflamme ;
Car alors, un moment, je crois t'apercevoir,

Et j'attends, tout joyeux, que ta voix me réponde ; —
Idéal, c'est en vain qu'on te cherche en ce monde ;
Ce n'est qu'au sein de Dieu que nous pourrons te voir ?...

J.-B. FITERRE.

Septembre 1861.

5

CHANT RUSTIQUE.

—

A M. ACHILLE MILLIEN.

—

Sur le flanc des coteaux où frémit la verdure
Flottent nonchalemment, sous la brise d'été,
Les épis frissonnants dont le vague murmure
Au cœur du laboureur fait naître la gaieté.

Car, pendant un grand mois, une brume funeste
Empêchait le soleil de mûrir la moisson :
Dans nos champs désolés de la voûte céleste
A peine tombait-il parfois un blanc rayon.

Mais la brume n'est plus : — Le moissonneur appelle
Ses enfants au teint brun pour travailler aux champs :
La faucille en leurs mains, en frappant étincelle
Et renverse à leurs pieds les épis jaunissants.

Tout le monde est joyeux, on ne craint plus l'orage,
On attache la gerbe, on l'aligne avec soin.
Tous, jusqu'aux plus petits, ont du cœur à l'ouvrage ;
Et le vieux moissonneur ne craint plus le besoin.

Bravo ! dit le fermier, notre moisson est faite,
Et nos lourds chariots craquent sous leurs essieux !...
A recevoir les grains déjà la grange est prête ;
Pour ce nouveau bienfait prions le Roi des cieux.

Et vous, venez, mes gars, venez, la nappe est mise ;
Que chacun se régale et boive comme deux :
Qui travaille a besoin de manger, — Et Louise
A préparé pour vous ce repas savoureux.

Buvez, n'épargnez rien, ma cave est bien remplie ;
Vous pauvres, qui pleurez, approchez-vous sans peur.
Ecartez loin de vous les chagrins de la vie,
Unissez-vous à nous et fêtez mon bonheur.

Dieu, pour vous secourir, m'a donné l'abondance ;
A mon tour, comme lui, je dois donc vous donner !...
— Allez, courez, enfants, j'ai la douce espérance
Qu'en mes champs, vous aussi, vous pourrez moissonner !..

J.-B. FITERRE.

Saint-Michel, le 8 juillet 1862.

A MON FRÈRE J.-P. FITERRE.

LA LLORONA (1)

—

LEGENDE MEXICAINE.

—

Si dans un rancho (2) mexicain
Vous entendez dans la nuit sombre
De longs soupirs au sein de l'ombre,
Suivez toujours votre chemin ;
Laissez gémir la voix qui pleure,
Qui pleure et qui sanglotte ainsi.
Et regagnez votre demeure
Enfant, sans avoir de souci.

Bannissez bien loin de votre âme
La pitié que Dieu vous donna ;
Celle qui pleure est une femme,
Un noir démon, la *llorona* !!...

---

(1) *La Pleureuse.* Il faut mouiller les *ll* dans la prononcia-
tion de ce mot espagnol.

(2) Village de chaume dans le Mexique.

Enfant si vous alliez près d'elle
Pour tarir doucement ses pleurs,
Vous verriez luire sa prunelle
De mille sinistres lueurs !...

Et soudain l'infernal vampire
Vous saisirait et sans effort,
En vous glaçant de son sourire
A ses pieds vous étendrait mort.
Le lendemain dans le village,
On vous trouverait tout sanglant,
Les cheveux droits, et le visage
Portant la marque de sa dent.

Les rancheros saisis de crainte
Pour vous creuseraient un fossé,
Et bien loin de la terre sainte
Votre corps serait déposé.
Dans les sombres nuits de tempêtes,
La *llorona*, comme un serpent,
Se glisserait sous votre tête,
Pour se nourrir de votre sang !...

Pour éviter la noire étreinte
De ce démon à l'œil de feu,
Marchez sans écouter sa plainte
En confiant votre âme à Dieu !...
Laissez gémir la voix qui pleure
Qui pleure et qui sanglotte ainsi,
Et regagnez votre demeure
Enfant sans avoir de souci !...

J.-B. FITERRE.

A UNE MARGUERITE.

Blanche petite fleur qu'un vif carmen colore,
Oh ! tu m'as rencontré ce matin dès l'aurore

Pour toi, dans un moment fatal. —
Le sort veut que je couche et brise sur la terre
Ta tige, et cependant je le fais sans colère,
    Car je ne te veux aucun mal.

T'épargner à présent, tu le vois bien, dépasse
Mon pouvoir — pauvre fleur!... pardonne-moi, de grâce;
    Je travaille pour mes enfants!...
Tu sais que sans travail, ma blanche marguerite,
La misère viendrait et qu'elle saurait vite
    Nous dévorer à belles dents.

Pauvre petite fleur, en ce moment suprème
Je ne peux rien pour toi; ma douleur est extrème :
    Je me lamente sur ton sort!
Car le soc va bientôt, en déchiraut l'argile,
Malgré tout mon chagrin, de la tige fragile
    Te précipiter dans la mort.

Le vent du nord souffla sur ton humble naissance;
Malgré lui tu perças le sol, et ta présence
    Nous annonça le doux printemps.
Frêle, tu résistas aux coups de la tempète,
Et les petits enfants se faisaient une fète
    D'aller t'admirer dans les champs.

L'alouette en chantant t'effleurait de son aile:
Les rayons parfumés de la saison nouvelle
    Sur toi brillaient avec douceur,
Et c'est dans ce moment où tout semblait sourire
A ta simple beauté, que le soc te déchire
    Dans le sillon du laboureur.

Pauvre fleur, te voilà gisante sur la terre,
N'ouvrant plus au zéphir ta coupe solitaire
    Que ne trouveront plus mes pas,
Et moi, moi dont le cœur pleure ta destinée,
Peut-être, comme toi, je mourrai cette année
    Glacé par le vent du trépas.

J.-B. Fiterre.

LES REGRETS DE L'ABSENCE.

—

¿ Donde estas, paloma mia
que solitario me dejas
bagar por aqui en las dulces
mañanas de primavera?

ANTONIO DE TRUEBA.

I.

Quand j'égare mes pas dans ces vertes prairies,
Je sens naître en mon cœur de vagues rêveries.
Des larmes de regrets éclosent dans mes yeux ;
Le chagrin dans le cœur je parcours ces beaux lieux !
Je me souviens du jour où, confondant nos âmes
Dans les mêmes désirs, tous les deux nous rêvâmes
En respirant un air imprégné de parfums
Les délices du ciel loin des yeux importuns !
Mais tu n'es plus ici, ma colombe chérie,
Tu n'es plus dans ces lieux, et chaque jour ma vie,
Loin de ton doux regard comme une pâle fleur
Se flétrit sous le souffle ardent de la douleur.
Pourquoi me laisses-tu sur cette triste terre
Bien loin de ton amour, errer seul, solitaire?
Vois, le printemps fleurit : le brillant mois de mai
Fait flotter dans les champs un parfum embaumé ;
Le ciel reluit pour nous, les fraîches matinées
Semblent vouloir encore unir nos destinées,
L'oiseau, comme autrefois, dans le feuillage vert,
A la nature en fleurs redit son doux concert !...
Tout se pare pour nous : — le soleil qui rayonne
Embellit du printemps la splendide couronne !...
Reviens de ton exil, oh! ma chaste beauté,
Aimons-nous, aimons-nous, c'est la félicité.
Oh! ne me laisse pas pleurer sur ton absence !
Reviens calmer mes maux par ta douce présence.
Sur le vaste Océan mes yeux t'ont vu partir
Ils désirent te voir, chère âme, revenir...

II.

Reviens sans plus tarder vers ces vallons tranquilles
Et quitte sans regret le faste de nos villes;
Dans mon cœur que dévore un sombre désespoir,
Ange des jours passés, fais luire un peu d'espoir...
Enfant, rappelle-toi l'amoureuse promesse
Que tu fis de m'aimer!... Souviens-toi de l'ivresse
Qui s'empara de moi lorsque ta lèvre un jour,
Egara sur mon front un long baiser d'amour!
Reviens, reviens vers moi, charmante jeune femme.
Tu sais bien que mon âme est la sœur de ton âme?
Que je t'aime et qu'il faut au poète rêveur
Un cœur semblable au sien pour y verser son cœur!
Viens, et je marcherai sans trembler dans la vie,
En secouant sur toi ma fraîche poésie:
Dans mes vers je ferai rayonner ton doux nom
Comme l'étoile d'or qui reluit sur mon front...
Pour chanter il me faut l'attrait de ton sourire,
Il me faut ton amour!... Sans ces trésors ma lyre
Ne rendrait plus de sons. — Un regard de tes yeux,
Enfant, m'inspirerait des chants harmonieux!...
Viens donc sans plus tarder, abriter sous ton aile
Le poète qui pleure et dont la voix t'appelle;
Viens donc sans plus tarder, autrement le chagrin,
En ternissant ma vie à mes jours mettrait fin...
Ne me désole pas par ta cruelle absence!
Prends pitié, prends pitié de ma longue souffrance.
Sur le vaste Océan mes yeux t'ont vu partir.
Ils désirent te voir, chère âme, revenir!

III.

Mais que vois-je?... Là-bas, j'aperçois un navire,
C'est celui que mon cœur depuis longtemps désire!
Celle qui m'a donné sa parole et sa foi
En glissant sur les flots se rapproche de moi!
Le navire à mes yeux coquettement s'incline
Balancé sur le dos de la vague marine,
Et chaque bond qu'il fait abrége le retour

De la Vierge au front pur, objet de mon amour !
Fraîche brise des mers, oh! soyez-lui propice,
Ayez pitié de moi, de mon cruel supplice,
Et faites que ce soir je presse sur mon cœur
L'ange qui de mes jours doit faire le bonheur !...
J'ai bien assez souffert pendant sa longue absence,
Pour m'enivrer encor de sa chère présence !...
Est-ce un rêve?... Mais non!... Je vois flotter au vent
L'écharpe aux sept couleurs de la joyeuse enfant
Dont l'amour chaste et pur empreint de poésie,
Loin des bruits des cités doit parfumer ma vie !...
Sur le vaste Océan mes yeux t'ont vu partir;
Mais je te vois enfin, chère âme, revenir !...

J.-B. FITERRE.

L'HIVER

A MON FRÈRE ÉTIENNE FITERRE.

Imité de Robert Burns.

De l'Occident brumeux la maligne influence
Fait tomber, dans nos champs, la pluie en abondance ;
Le nord est orageux, le vent siffle et gémit,
Et la campagne au loin sous la neige blanchit ;
Le timide ruisseau se gonfle, et son murmure
Mêle sa voix plaintive au deuil de la nature ;
Le pauvre rouge-gorge, en son gîte abrité
Regrette l'épi mûr et le soleil d'été.
Moi, poète rêveur, le front plongé dans l'ombre,
J'aime l'éclair qui luit dans le nuage sombre,
J'aime le ciel en deuil, j'aime le froid hiver
Qui me fait grelotter, frissonner dans ma chair !

J'aime le hurlement de la noire tempête
Qui tombe en étreignant les monts à haute crête ;
Car il semble pleurer avec le noir chagrin
Qui toujours sans pitié me laboure le sein !...
Des arbres dépouillés la sombre silhouette
Plaît à mon âme en deuil, à ma douleur muette !
La nature ressemble à mon cœur déchiré.
Oh ! toi, pouvoir suprême et du monde adoré,
Toi qui vois mes combats, toi qui vois ma misère,
Daigne veiller sur moi !... sur cette triste terre,
Je ne me plaindrai pas ; devant ta volonté,
Je me courbe, Seigneur, avec humilité ;
Et, puisque le bonheur est un bien éphémère,
Un éclair qui s'éteint, une ombre passagère
Que je ne dois jamais connaître un seul instant,
Daigne jeter sur moi, Seigneur, Dieu tout-puissant,
Un regard de bonté, de la céleste voûte,
Et place, pour toujours, sur le bord de ma route,
La résignation aux paroles de miel,
Qui nous fait entrevoir le bonheur dans le ciel !

J.-B. FITERRE.

LE CHANT DU PATRE.

A M. LE MARQUIS LOUIS DE LAINCEL.

A peine en haut de la montagne
Du matin luisent les rayons,
Avec mon chien qui m'accompagne
Je mène paître mes moutons,
Et sans mentir, oui, j'en ai mille,
J'en ai de noirs, de roux, de blancs ;
De leur toison que Rose file
Nous nous habillons tous les ans.

Le tintement de leur clochette
A travers le taillis mouvant,
Monte à l'écho qui le répète,
Se mêle au murmure du vent,
Quand leur bêlement se prolonge
Dans le vallon, sur la hauteur,
Il nous ravit comme un doux songe
Qui, la nuit, fait battre le cœur.

En les voyant par la campagne,
Tous les pâtres, jeunes et vieux,
De mes fins mérinos d'Espagne,
Je le sais bien, sont envieux;
Ils jalousent un chien de garde
Comme Médor, mon beau chien noir,
Qui comprend quand je le regarde
Et qui toujours fait son devoir.

Les loups de la plus forte taille
N'ont jamais fait peur à ce chien,
Et quand il leur livre bataille
La victoire est pour mon gardien!
Aussi, mon grand troupeau prospère,
Les voleurs n'osent l'approcher,
Médor le défend comme un père,
Gare à qui voudrait y toucher.

Si ma maisonnette est plus blanche
Que toutes celles du hameau,
Si je fête bien le dimanche,
Je le dois à mon bon troupeau ;
Pour lui le marchand de la plaine
Sur sa mule gravit les monts,
Il vient et je lui vends la laine,
La laine de mes beaux moutons.

Chaque jour grossit mes richesses,
L'argent chez moi vient à souhait,
Le Ciel me comble de largesses,
Mes moutons, je suis satisfait,

Bientôt ma bourse sera ronde,
Bientôt je pourrai, grâce à vous,
A Rose, ma fillette blonde,
Donner un brave homme d'époux.

Le temps qui vole et fuit plus vite
Que l'onde claire du torrent,
M'a de sa lèvre décrépite,
Dit quelques mots, toujours courant :
« Rose peut entrer en ménage,
« Bon vieillard, prépare un trousseau,
« Rose et Pierre, garçon très-sage,
« Auront grand soin de ton troupeau. »

J.-B. FITERRE.

Saint-Michel.

BERCEUSE.

—

A MON CHER PETIT MAURICE.

—

Sur ton doux berceau ta mère se penche,
L'amour dans le cœur, les pleurs dans les yeux.
Près du clocher. — AUG. LESTOURGIE.

—

Dors, mon enfant; qu'un joyeux songe
Vienne bercer ton doux sommeil;
Et que dans la joie il te plonge
Jusqu'à l'heure de ton réveil!

Mon doux ami, clos ta paupière,
Le jour s'efface à l'horizon:
A peine un rayon de lumière
Glisse sur les fleurs du gazon.

Ton front, aussi blanc que la neige,
Me charme et me fait souvenir
Que l'innocence te protége
Contre les dards du repentir.

Ton âme est transparente et pure
Comme l'onde du clair ruisseau,
Dont j'entends d'ici le murmure
Expirer au bas du coteau.

Un frais sourire est sur ta lèvre,
Je sens battre ton petit cœur;
Oh! que jamais Dieu ne te sèvre,
Des songes dorés du bonheur.

Dors, mon enfant; je veux qu'un songe
Vienne bercer ton doux sommeil;
Et que dans la joie il te plonge
Jusqu'à l'heure de ton réveil!...

J.-B. Fiterre

LE LIS.

—

A MON PETIT NEVEU MAURICE MARSAN.

—

Dans un bosquet, où règne le mystère,
Un jeune lis balançait mollement,
En se berçant au bord d'une onde claire,
Avec bonheur son calice odorant.

Le papillon à l'humeur inconstante
Las de voler, dans les prés, dans les bois,
Le caressait d'une aile frémissante
Et sur son sein s'endormait quelquefois.

Du jeune lis la vie était heureuse :
On admirait sa beauté, sa candeur,
Et des oiseaux la voix mélodieuse
Dans leurs chansons célébrait son bonheur.

Rayons du ciel, frais zéphirs, doux murmure
Rendaient bonneur au beau lis parfumé,
Et lui, joyeux, au sein de la nature,
Vivait heureux en se voyant aimé.

Lorsque soudain l'aquilon en colère
Amoncela les nuages aux cieux,
Et renversa sur sa tige éphémère
La pauvre fleur au parfum précieux.

Aimable enfant, plein de grâce et de charmes,
Dans cette fleur je vois notre destin;
Ce monde, hélas! est un sentier de larmes.
Et la beauté ne dure qu'un matin.

J.-B. FITERRE.

RÊVERIE DU MATIN.

—

A M. VICTOR BARBIER,

Inspecteur des Douanes.

—

Le bruissement des prairies, le gazouillement des
bois me plongent dans d'ineffables rêveries.

B. DE SAINT-PIERRE.

—

Blonde rêverie
Tu charmes ma vie,
Bien loin de l'envie

Tu fais mon bonheur !
Jamais de la foule
La bruyante houle
Qui se heurte et roule
Ne trouble mon cœur.

Dans ma solitude
Sans inquiétude,
Savourant l'étude,
Je passe mon temps.
Feuilletant un livre,
D'air pur je m'enivre,
Et joyeux de vivre,
Je cours dans les champs.

Sur sa frêle tige
La fleur — ce prodige
Où souvent voltige
Le frais papillon, —
Sans orgueil étale
Sa robe d'opale
Dont l'odeur s'exhale
Au sein du vallon.

Le soleil s'allume,
Dissipant la brume ;
Le chaume qui fume
Sourit à nos yeux !
La campagne est belle
Le troupeau qui bêle
Sur l'herbe nouvelle
Bondit tout joyeux !

Tout dans la nature
Gazouille, murmure,
Le ciel qui s'azure
Devient éclatant !
Et Dieu semble dire
Je veux qu'on admire

L'astre qui se mire
Dans le flot grondant.

Déjà l'hirondelle
Déployant son aîle,
Quitte la tourelle
Au front de granit,
Sur chaque brin d'herbe
La rosée en gerbe,
D'un éclat superbe
Brille et resplendit !

Le beau lys qui penche
Sa corolle blanche,
A nos pieds épanche
Un parfum divin !
L'onde transparente
Galope, serpente
En suivant sa pente
Dans le noir ravin.

De l'église antique
La flèche gothique
A l'écho rustique
Jette un son pieux.
Soudain la prière
De l'humble chaumière,
Bénissant la terre,
Monte vers les cieux.

Et la paix de l'âme
Que l'homme réclame
Eclair, vive flamme,
En nous se fait jour !...
Et Dieu, l'Etre immense,
Sur notre souffrance,
Verse en sa clémence
Un rayon d'amour !...

J.-B. FITERRE.

Boucau-Sud.

L'AGE VIRIL.

—

IMITÉ DE PETOEFI.

—

A M. NICOLAS MARTIN.

—

Mon esprit est las, ma tête est en feu ;
J'aurais tant besoin de pleurer un peu !
Je me sens mourir d'aridité sombre.

Nicolas MARTIN.

—

Me voici donc enfin dans l'été de mon âge,
Pour mon cœur il n'est plus de séduisant mirage ;
En s'évanouissant les jours de mon printemps
Ont emporté les fleurs de ma folle jeunesse ;
Je marche tristement vers l'aride vieillesse,
Croyant sentir déjà le lourd fardeau des ans !

Si tu ne m'aimais pas, ò mon ange, en ce monde
Je mourrais dévoré par ma peine profonde.

Dans l'infini des cieux il n'est plus de rayon,
Et l'écho dans les bois ne dit plus la chanson
De l'oiseau, dont le nid est détruit par l'orage.
— Je n'entends plus en moi le gracieux ramage
Des rêves printaniers !... L'automne au pâle front
De feuilles, sous mes pas, jonche au loin le gazon.

Si tu ne m'aimais pas, ò mon ange, en ce monde
Je mourrais dévoré par ma peine profonde.

La fleur est sans rosée et le ruisseau d'argent
S'enfuit sans refléter l'azur du firmament.

De la réalité la main rude et sévère
A dépouillé le ciel, a dépouillé la terre;
Hélas ! le noir chagrin comme une ombre me suit,
Mes beaux jours sont éteints, je marche dans la nuit.

Si tu ne m'aimais pas, ô mon ange, en ce monde
Je mourrais dévoré par ma peine profonde.

Entre deux rocs hardis, autrefois, sous mes yeux,
Coulait une onde claire au murmure joyeux;
O ! ruisseau du désir, ô ! cher ruisseau de gloire,
Où j'ai bu bien souvent, où je ne veux plus boire ;
Tu n'enivreras plus le poète rêveur
Désenchanté de tout dans ce monde trompeur.

Si tu ne m'aimais pas, ô mon ange, en ce monde
Je mourrais dévoré par ma peine profonde.

Quand je tourne les yeux vers mon doux sol natal,
Que vois-je ?... Le Hongrois traînant un joug brutal
Et, vainement, mon cœur frémit, mon bras tressaille !
Et je pleure !... En rêvant un grand jour de bataille
J'appelle de mes vœux la sainte liberté,
Au front calme et serein, au regard indompté.

Si tu ne m'aimais pas, ô mon ange, en ce monde
Je mourrais dévoré par ma peine profonde.

Oh ! toujours aime-moi d'un amour pur, profond.
De tes beaux yeux sur moi laisse luire un rayon
Eclatant, radieux, comme un nimbe d'archange :
Ton amour, c'est mon bien, en ce monde où tout change
Le jour, c'est mon soleil, la nuit, c'est l'astre d'or
Qui brille sur mon cœur quand la nature dort.

Si tu ne m'aimais pas, ô mon ange, en ce monde
Je mourrais dévoré par ma peine profonde.

J.-B. FITERRE.

Saint-Jean-le-Vieux (Basses-Pyrénées).

UNE VOIX DE POETE.

—

Les premiers seront les derniers, et les derniers
seront les premiers.

(ÉVANGILE.)

—

Non, la haine jamais n'a fait vibrer ma lyre :
A souffrir condamné, dans un triste délire
Je ne me suis jamais, jamais plaint de mon sort ;
Je n'ai jamais lancé dans une strophe ardente
L'anathème brûlant, l'anathème de Dante,
Sur les fronts orgueilleux que domptera la Mort.

Mon Dieu ! pourquoi la haine et pourquoi l'injustice ?
Pourquoi ramper toujours ? pourquoi louer le vice ?...
Pourquoi, comme un haillon rejeter son honneur ?...
Dans les chemins qu'on suit, dans ce séjour de fange,
La joie au noir chagrin chaque jour se mélange
Et ce n'est que là-haut qu'existe le bonheur.

Aimons-nous, aimons-nous : suivons de l'Evangile
Les préceptes divins : — Comme un vase d'argile,
Nos rêves insensés un jour se briseront !
Rien n'est stable, ici-bas : seul, le bien que l'on sème
Produira de doux fruits près de l'Être suprême,
Et les anges du Ciel en chœur nous béniront.

Soyons humbles et doux, en suivant notre voie ;
Dans les cœurs ulcérés versons un peu de joie ;
Relevons par nos vers le courage abattu
Du malheureux qui boit à quelque source amère ;
Tendons lui notre main en lui disant : Mon frère,
Un jour tu recevras le prix de ta vertu.

Soyons bons, soyons bons, car le globe chancelle ;
Soyons bons, car bientôt la Justice éternelle
Se lassera peut-être en voyant nos forfaits ;

Soyons compatissants, semons partout l'aumône,
Pour que Dieu nous protège et qu'un jour il nous donne
Une petite part de ses nombreux bienfaits.

Qu'est donc, répondez-moi, sur cette triste terre,
Des princes et des rois la gloire héréditaire ?
Les trônes renversés s'écroulent sur le sol ;
Dieu, par le peuple, instruit les puissants de ce monde ;
La Révolution, qui s'agite et qui gronde,
Sous le souffle divin poursuit au loin son vol.

Vous voulez l'arrêter ?... C'est Dieu qui la déchaîne
Pour vous punir, ô grands !... Comme une trombe humaine
Il la pousse vers vous, vers vous qui l'oubliez ;
Et par elle il vous dit : « Je suis Dieu, je suis maître,
« Et quand je le voudrai je ferai disparaître
« Ce globe, que je vois se mouvoir sous vos pieds !

« Les révolutions, la haine, l'injustice
« S'engloutiront un jour au fond du précipice
« Que, sans pitié, la Mort élargit sous vos pas ;
« Là, vous sommeillerez ; là, dans une nuit sombre,
« Les grands et les petits, couchés au sein de l'ombre,
« Vous reposerez tous sous l'aile du trépas !

« L'orgueil ne viendra plus dilater vos narines ;
« Les sombres passions au fond de vos poitrines
« Ne viendront plus gronder, car tous vous dormirez
« Dans les bras de la Mort jusqu'à la fin du monde ;
« Et, ce jour-là, saisis d'une terreur profonde,
« A l'appel du clairon tous vous vous lèverez !

« Alors vous me verrez sur la nuée ardente.
« Et mon doigt choisira, dans la foule tremblante,
« Les parias du monde aux yeux rougis de pleurs ;
« Ceux qui se sont blessés à toutes les épines,
« Et les blonds chérubins aux paroles divines
« Sous leurs pas glorieux feront germer des fleurs !

« Toi qu'on voit ici-bas chanter, bénir et croire,
« O poète ! le Ciel avec toute sa gloire

» Dans ce jour solennel devant toi s'ouvrira.
« Toi que je vois honni dans ce monde rapace,
« Auprès des bienheureux je te garde une place ;
« La parole du Christ pour toi s'accomplira.

« Ainsi, ne faillis point dans ta mission sainte ;
« Dans ton cœur oppressé laisse expirer la plainte ;
« Ceux qui te font sentir leur supériorité,
« Quand tu seras au Ciel, ô poète que j'aime !
« Imploreront de toi, comme un bienfait suprême,
« L'aumône d'un regard empreint de charité !... »

J.-B. FITERRE.

MIRZA LA BAYADÈRE,

—

A M. CLOVIS TISSERAND,

—

Quand je la vois, brune et volage
Danser, voltiger, chaque jour,
Je l'aime, et son charmant visage
Me donne un doux frisson d'amour !
Comme un chamois de la montagne,
Elle bondit dans les prés verts ;
Sa beauté partout l'accompagne ;
Son regard lance des éclairs.

Ses cheveux noirs sur son épaule
Eparpillés au gré du vent,
Comme une mantille espagnole
Embellissent la jeune enfant.
Elle est fraîche comme l'aurore,
Tout le monde lui fait la cour ;
Mais je crois bien qu'elle m'adore,
Et que, seul, j'ai tout son amour !

Quand elle court sur la pelouse,
Le front bruni par le soleil,
Oui, de Mirza serait jalouse
Une marquise au teint vermeil!...
Quand elle court dans le bocage,
Le bulbul au chant gracieux
Fait résonner, sur son passage,
Son orchestre mélodieux.

Toutes les fleurs semblent lui dire :
— « Oh! de grâce viens me cueillir,
« Car sur ton beau sein qui soupire
« Je veux mourir, je veux mourir! »
Parmi les lis et la verdure,
Tous les matins, dans les vallons,
Je la contemple, et la nature
Nous inonde de ses rayons.

C'est une vierge, une merveille,
Que chacun voudrait bien avoir;
Mais sur moi seul son amour veille,
Mes yeux lui servent de miroir!...
Aussi je veux vivre pour elle,
Je veux l'adorer nuit et jour,
Et, dans ce monde où tout chancelle,
Mettre ma force en son amour.

J.-B. FITERRE.

ENFANTINE.

—

A MON PETIT MAURICE.

—

De mon fils chéri, la petite main
Caresse mon front, mon front de poète;
Mon cœur rajeunit, mon âme est en fête;

" La nuit me promet un doux lendemain,
De mon fils chéri quand je tiens la main.

C'est la vierge un jour qui, du haut des cieux,
Dépêcha vers moi ce cher petit ange.
Que son pied sans cesse évite la fange
De ce monde impur qui souille les yeux :
Car la vierge un jour l'envoya des cieux !

Oh ! comme sa mère aime ce bijou.
Ce vivant bijou, qui chante et gazouille !
D'amour et d'espoir son œil noir se mouille. -
— Lorsque le petit s'enlace à son cou : -
Oh ! comme sa mère aime ce bijou.

Ainsi que le vent, le vent du matin.
Chasse au loin la brume, en nos champs éclose.
Quand son doux regard sur le mien se pose
Bien loin de mon cœur s'enfuit le chagrin
Qu'emporte avec lui le vent du matin.

Il est toujours gai, toujours il sourit ;
Il aime les fleurs, les oiseaux en cage ;
Et lorsqu'il les voit, son charmant visage
De contentement brille et resplendit : —
Il est toujours gai, toujours il sourit.

Quand il vint des cieux, oh ! je m'en souviens.
C'était un beau soir : — Le jour de ma fête
Devait le matin luire sur ma tête :
Protégez mon fils doux anges gardiens,
Car il vint des cieux, oh ! je m'en souviens !

Je sentis mon cœur se fondre d'amour
Pour le chérubin dont je suis le père ;
J'embrassai cent fois l'enfant et la mère ;
Que j'étais heureux !... pendant tout un jour :
Je sentis mon cœur se fondre d'amour !

De mon fils chéri, la petite main
Caresse mon front, mon front de poète;
Mon cœur rajeunit, mon âme est en fête;
La nuit me promet un doux lendemain,
De mon fils chéri quand je tiens la main.

J.-B. Fiterre.

Mai 1861.

SOUVENIR ET REGRET.

A LA MÉMOIRE DE MON ÉPOUSE CHÉRIE JUSTINE FITERRE.

A toi toujours je pense
Ange envolée aux cieux,
Et vers l'azur immense
Quand je lève les yeux.
Je crois te voir chère âme
Le front tout rayonnant
Auprès de Notre-Dame
Auprès du Tout-Puissant.

Que la sainte prière
Parle au Seigneur pour moi;
Triste et seul sur la terre
Mon cœur vole vers toi.
Console ma souffrance,
Fais naître en moi l'espoir;
Que la douce espérance
Redore mon ciel noir.

Sois l'ange tutélaire
Qui veille sur mes pas,
Sur cette triste terre
Ne m'abandonne pas!...

Lorsque isolé, je pleure
Fais briller, resplendir,
Sur ma sombre demeure
Un tendre souvenir !

Sur les genoux de mère,
Oh! fais moi voir encor,
Notre enfant tête chère
Que ta chanson endort...
Fais moi voir l'innocence
Veillant sur son sommeil ;
Dieu, qui chérit l'enfance,
Bénissant son réveil.

Du séjour de lumière
De la splendeur des cieux,
Toi, qu'il nomme sa mère
Jette sur lui les yeux !
Et fais qu'un jour son âme
Qu'illumine la Foi,
Pure comme une flamme
Rayonne près de toi.

J.-B. FITERRE.

Saint-Jean-le-Vieux, 24 avril 1864.

—

SONNET.

—

L'ANGE DE LA CHARITÉ.

—

A LA MÉMOIRE DE Mlle MARIE ETCHEVERRY.

—

Ouvrant votre aîle de colombe
Vous nous avez fui pour les cieux !
Le front penché sur votre tombe,
Les pleurs viennent mouiller nos yeux !

Que sur nous votre regard tombe
Comme un rayon mystérieux,
Veillez sur celui qui succombe
De votre séjour glorieux.

Au pauvre qu'étreint la misère
Toujours votre main tutélaire
Versait ses dons avec bonté ;

Depuis votre départ il pleure,
Il vous appelle en sa demeure,
Doux ange de la charité !...

J.-B. Fiterre.

Décembre 1865.

ANNA.

—

Quand Anna courait, belle et ravissante,
A travers les prés où la brise chante
Un refrain d'amour aux fleurs du printemps,
On voyait le ciel de feux éclatants
Soudain s'iriser. — Toute la nature
Comme un riche écrin aux yeux étalait
Les mille beautés dont elle brillait : —
— Tout charmait le cœur, ciel, beau lys, verdure,
        Quand Anna courait.

Quand Anna riait, — dans le vert feuillage
Le gai rossignol chantait davantage ;
L'onde gazouillait suivant son chemin ;
Et des papillons le charmant essaim
Effleurait souvent en son vol rapide
Ses longs cheveux d'or que l'œil admirait. —
— Dans les champs fleuris tout l'applaudissait,
Tout jusqu'aux doux feux de l'azur splendide
        Quand Anna riait.

Quand Anna rêvait au sein du bocage,
De son frais parfum lui faisant hommage,
Doucement le lys vers elle penchait
Sa robe d'argent qu'un rayon dorait.
L'ombre sur son front versait son mystère,
La source pour elle au bois murmurait;
Pour elle l'insecte au loin voltigeait;
Tout dans l'Univers ne cherchait qu'à plaire,
   Quand Anna rêvait.

Quand Anna lisait on voyait son âme
Briller dans ses yeux ainsi qu'une flamme,
Et des pleurs parfois mouiller le vélin
Du livre inspiré tombant de sa main!
Et, songeant alors aux chants du poète,
D'un vol son esprit jusqu'au ciel montait :
Dans le sein de Dieu son cœur se posait : —
On ne craignait plus la noire tempête
   Quand Anna lisait.

Quand Anna parlait, sa voix caressante
Comme un chant d'oiseau, dans l'âme souffrante,
Faisait toujours luire un rayon d'espoir :
Soudain le chagrin ce fantôme noir,
Fuyait, et d'un vol franchissant l'espace.
Dans l'horizon bleu vite s'éclipsait;
Et dans l'âme, alors, le bonheur venait
Refaire son nid, reprendre sa place
   Quand Anna parlait.

Quand Anna priait, sa douce prière
Comme un pur encens vers la sainte sphère
Montait doucement jusqu'au sein de Dieu.
Qui de ce cœur chaste accueillait le vœu...
Et le ciel s'ouvrait brillant de lumière : —
Au regard ravi l'ange apparaissait.
Et dans sa splendeur le ciel dévoilait
De la *Trinité* l'éclatant mystère
   Quand Anna priait.

J.-B. FITERRE.

SOUVENIRS D'AUTREFOIS.

—

A MON CHER MAÎTRE ET AMI M. JEAN SAINT-GUILHEM.

—

Quand je fis votre connaissance
J'étais bien jeune, et cependant,
J'avais assez d'expérience
Pour goûter votre beau talent.

Vous me parliez de poésie;
De vos vers j'aimais la douceur,
Leur suave et sainte harmonie
Captivait doucement mon cœur!

Dans votre blanche maisonnette
Où j'étais encore étranger,
Un jour vous me fîtes, poète,
Lire un billet de Béranger.

Il encourageait votre lyre
A moduler de nouveaux sons:
Et moi, dans mon cœur en délire
Je sentis germer des chansons.

La muse, votre douce amie,
M'effleura d'un souffle divin,
Et je sentis la poésie
Dès lors bouillonnant dans mon sein.

Et depuis ce moment suprême
Barde, poète ou troubadour,
Sur mon chemin partout je sème
Des chants de tristesse et d'amour.

Sous un ciel parsemé d'étoiles
De Dieu je chante la grandeur,
Et des jeunes vierges sans voiles
Le front pudique et l'œil rêveur!

Je chante le calme silence
Des belles nuits où tout s'endort,
Et dans l'onde, miroir immense,
Le doux reflet des astres d'or.

Je chante la brise qui passe
Quand l'aube dans les frais vallons,
Du haut du ciel laisse avec grâce
Tomber l'éclat de ses rayons.

Je chante le parfum des roses,
Et le passé doux souvenir,
Où l'on retrouve tant de choses
Qu'on entrevoit dans l'avenir.

Ce que j'aime à chanter encore
Poète aimé, ce sont vos vers,
Plus frais qu'un rayon de l'aurore
Plus doux qu'une brise des mers !

J.-B. FITERRE.

RÉPONSE

A MON CONFRÈRE ET AMI FITERRE.

—

Vos jolis vers, mon cher poète,
— *Souvenirs aimés d'autrefois* —
Chantent des jours que je regrette
Et me ramènent dans mes bois.

Jours heureux, où, libre de chaînes
Aussi libre que les oiseaux,
J'allais, le soir, conter mes peines,
Aux prés verts, aux petits ruisseaux,

Temps serein, — où, loin de la foule
Et du bruit des folles cités
J'allais, la nuit, dans l'eau qui coule
Chercher des rayons argentés.

J'aimais les bois, les brises douces,
Les ailes d'or des papillons,
J'aimais les nids, j'aimais les mousses,
Les fleurs, l'air libre et les chansons !

J'aimais ma blanche maisonnette,
Mes ormeaux, mon petit jardin,
Où vous vintes un jour, poète !
En passant me serrer la main,

La muse de son ambroisie
Nous offrit la coupe, et tous deux,
Tout en causant de poésie
Nous rêvions, — nous étions heureux.

C'est alors que sous les platanes,
Je vous fis voir, cher étranger !
Une lettre close aux profanes,
Une lettre de Béranger.

Ces jours sont loin et mes beaux rêves
Ont émigré dans votre ciel ;
Incliné je parcours les grèves...,
Mon breuvage a toujours du fiel.

Mon front s'est ridé, pâle et sombre,
Mon regard n'a plus de rayons...,
Je vais et je viens comme une ombre,
Ma lyre ne rend plus de sons...

Ma tête a blanchi dans l'orage...,
J'ai senti le froid de l'hiver...,
Il faut tomber, — même avant l'âge,
Il faut sombrer dans le flot vert.

Vous, barde! riez à la vie ;
Vous, ami! chantez vos amours ;
Chantez sans haine et sans envie
L'azur du ciel et les beaux jours.

J. SAINT-GUILHEM.

LES MILLE VOIX DE LA NATURE.

—

A M. BOUÉ DE VILLIERS,

Auteur : de *Vierge et Prêtre.*

—

D'où vient vers moi ce long murmure?
Il vient de l'agreste coteau,
C'est la chanson que la nature
Dicte aux flots mouvants du ruisseau.
Écoutez bien, sa voix se mêle
A mille bruits harmonieux,
Que le zéphir prend sur son aile
Et qu'il emporte dans les cieux.

Entendez-vous dans le feuillage
De ce vieux chêne de cent ans.
Le gazouillement, le ramage,
Que font les oiseaux et les vents!
A ces concerts on se sent vivre!
Le bonheur brille dans les yeux,
Et notre âme heureuse se livre
A des transports digne des cieux.

Tout parle et rit dans la nature :
Dans les prés verts le noir grillon,
L'insecte au sein de la verdure,
La cigale dans le buisson.
Ces mille voix, comme un hommage,
Comme un hymne religieux,
Comme un encens au blanc nuage
S'évanouissent dans les cieux.

La lumière tombe, ruisselle,
Elle empourpre la fleur des champs,
Tout frissonne, luit, étincelle,
C'est le long baiser du printemps !...
Le vieux pâtre, accoudé sur l'herbe,
Entonne un chant capricieux :
Un chant sonore, un chant superbe
Que répète l'écho des cieux.

Le bouton d'or de la prairie,
L'aigle planant sous le ciel bleu,
Le roseau que l'orage plie,
Dans leur langage adorent Dieu !...
Voix et parfums : — C'est la prière,
C'est l'hymne saint, l'hymne pieux,
Qui d'un vol joyeux de la terre
S'élance dans l'azur des cieux.

Du val profond à la montagne
Toutes ces voix traversent l'air ;
Le poète dans la campagne
Se mêle à ce divin concert :
On le voit sur sa blanche lyre
Traduire en vers harmonieux
Les chants que le vallon soupire
Et qui se perdent dans les cieux.

J.-B. FITERRE.

UNE FLEUR.

—

SONNET.

—

A Mlle ANASTASIE CAPDEVIELLE.

—

Dans les jardins du cœur en toute saison brille
Une fleur diaprée et son éclat reluit

Comme l'étoile d'or qui dans l'azur scintille
En versant ses rayons sur le front de la nuit.

Plus frais qu'un long regard de blonde jeune fille
Dans nos rudes sentiers sa clarté nous conduit,
Et le poète, assis sous la verte charmille
Respirant son parfum de volupté frémit.

Le folâtre zéphir, en messager fidèle,
La prend, et, tout joyeux, l'emporte sur son aile,
Et comme un doux présent la dépose chez vous.

Acceptez cette fleur odorante, et choisie
Dans les jardins du cœur et de la poésie!
Et conservez-la bien loin des regards jaloux.

J.-B. FITERRE.

PRÈS DU FOYER.

SONNET.

A AUGUSTE LESTOURGIE.

Cher poète, durant les pâles jours d'automne,
Assis près du foyer ton volume à la main (1),
J'oublie en te lisant l'orage qui résonne,
La neige qui blanchit déjà le mont lointain!

Au charme de tes vers mon âme s'abandonne,
Mon cœur s'épanouit, mon front devient serein : —

(1) Près du clocher.

— N'ont-ils pas la fraîcheur de la verte couronne
Qui pare le printemps sous les feux du matin?

Comme toi je voudrais près du clocher que j'aime,
Loin des grandes cités où règne le blasphème,
Chanter les blonds enfants, les champs, les lacs, les cieux !

Comme toi je voudrais, crois le bien, cher poète,
Avoir loin des rumeurs une douce retraite,
Pour y vivre à l'écart des hommes oublieux.

J.-B. FITERRE.

A J.-B. FITERRE.

SONNET.

Sur les vierges sommets la muse souveraine,
Dont le regard est fier et dont le cœur est doux,
Réside volontiers; aux sentiers de la plaine
Les ronces trop souvent ont blessé ses genoux.

Aussi vous la gardez sur vos blancs canigous; (1)
Aussi bienheureux frère, elle fut ta marraine;
Et si parfois encor nous la voyons, sereine,
Elle t'a consolé quand elle vient à nous.

Dans ses cheveux noués, brises Pyrénéennes,
C'est vous que nous prenons pour les fraîches haleines
De notre avril fleuri, de notre tiède été;

(1) Sommet des Pyrénées, à 58 kilomètres Sud-Ouest de
Perpignan.

Et si ta voix nous charme, enfant de la montagne,
C'est qu'elle t'a versé sans compter, ta compagne,
Le vin de poésie et d'immortalité!...

AUGUSTE LESTOURGIE.

LE MÉTÉORE ET L'ÉTOILE POLAIRE

—

A M. ÉDOUARD LAMAIGNÈRE

Auteur des *Corsaires Bayonnais.*

—

Un météore en traversant les airs
Disait en s'adressant à l'étoile polaire
Dont le brillant rayon se jouait dans les mers :
« Courbe toi devant moi dans des flots de lumière
« Je veux ensevelir ta mourante clarté... » —
A peine a-t-il parlé, qu'il s'éteint, qu'il s'efface ;
Et l'étoile polaire au rayon argenté
Scintille en poursuivant son chemin dans l'espace.

Ceci s'adresse à vous, pâles imitateurs,
Qui brillez dans le ciel de la littérature,
En nous éblouissant de vos fausses lueurs
Qui doivent s'engloutir dans une nuit obscure !
Tandis que du talent la divine clarté,
Semblable à l'étoile polaire,
Versera toujours sur la terre,
Un rayon d'immortalité.

J.-B. FITERRE.

LA POÉSIE.

—

Ce n'est pas la poésie qui manque à l'œuvre
de Dieu, c'est le poète, c'est-à-dire l'interprète, le traducteur de la création.

Cours familier. — LAMARTINE.

—

A M. F. D.

—

La poésie, ami, c'est le ciel qui se dore,
Par un jour de printemps, des rayons de l'aurore ;
C'est le souffle embaumé du vent dans les ormeaux,
C'est l'aigle qui s'élance en dévorant l'espace,
C'est l'éclat velouté d'un nuage qui passe
      C'est le soleil sur les tombeaux.

C'est l'aspect imposant d'un castel séculaire
Dont les tours de granit sont couvertes de lierre,
C'est le chant du berger par l'écho répété,
C'est la génisse blanche au flanc de la montagne,
C'est un riant châlet dans la verte campagne,
      Un peu d'ombre durant l'été.

C'est le cours argenté d'un fleuve qui murmure
Dans un lit dont les bords étalent la verdure,
C'est la fleur, le gazon, le rayon d'or qui luit,
C'est le doux papillon effleurant un brin d'herbe,
C'est l'oiseau dans son nid, c'est le chêne superbe,
      C'est une étoile dans la nuit.

C'est le tiède frisson de mai dans le feuillage,
C'est le timbre d'airain d'un clocher de village,

C'est le vieux laboureur fécondant le sillon,
C'est le riche fermier, la jeune paysanne
Au visage vermeil, au regard diaphane
    Cueillant des fleurs dans le vallon.

C'est l'éclat varié d'un brillant paysage,
Sur le miroir du lac c'est le cygne qui nage,
C'est un front de quinze ans orné de blonds cheveux,
Diadème charmant que porte la jeunesse;
C'est le petit enfant que sa mère caresse,
    En se mêlant à tous ses jeux.

C'est l'humble et noir grillon sous un ciel qui rayonne,
Répétant dans les prés sa chanson monotone,
C'est le rêve qu'on fait loin des regards jaloux,
Le passé qui n'est plus, l'avenir qui s'avance,
C'est cette voix du cœur qu'on nomme l'espérance
    Qui ne s'endort jamais en vous.

Dans les déserts brûlés par un soleil torride,
C'est l'arabe en burnous sur son coursier rapide,
C'est la fraîche oasis pleine d'ombre et d'oiseaux.
Comme une île des mers s'allongeant sur le sable;
C'est un ange du ciel, c'est un chant ineffable,
    C'est la brise dans les roseaux.

C'est la feuille jaunie au souffle de l'automne,
Qui sous le moindre vent se détache et frissonne;
C'est l'immense Océan qui mugit furieux,
C'est la nef qui résiste aux coups de la tempête,
C'est un éclair de feu qui luit sur notre tête,
    Un port qui surgit à nos yeux.

C'est la lune qui passe à travers les arcades
Des vieux cloîtres déserts aux brunes colonnades;
C'est le rayon des nuits dans le bleu firmament:
C'est le suave chant que nous dit Philomèle,
C'est l'insecte de feu qui voltige et dont l'aile
    Rayonne ainsi qu'un diamant.

C'est le sylphe léger qui doucement se pose
Sur le sein frémissant d'un frais bouton de rose,
Et dont les ailes d'or frissonnent au soleil ;
Le mignon colibri, fleur vivante qui vole
En tout sens ; c'est l'éclat d'une sainte auréole,
    C'est la nature à son réveil.

C'est le ciel d'Orient avec ses caravanes,
Le divan de velours où dorment les sultanes,
C'est le sérail gardé par un eunuque noir,
Le palais de l'Émir, le doux soleil d'Asie,
C'est le minaret blanc, brillante fantaisie,
    Doré par les rayons du soir !

C'est tout ce qui vous plaît, ami, dans la nature,
C'est l'amour que Dieu mit dans toute créature
Pour les astres, les fleurs, pour le soleil levant,
Pour les mille trésors qu'il sème sur la terre ;
Mais de tous ces trésors celui que je préfère,
    C'est le baiser d'un jeune enfant.

J.-B. FITERRE.

LE PAPILLON ET LA GUÊPE.

FABLE.

Un jeune papillon, dans un riant jardin
Que parfumait l'odeur de mille fleurs naissantes,
Etalait la fraîcheur de ses ailes brillantes,
Où l'azur se mêlait à l'éclat du carmin.
Il voltigeait joyeux ; les roses les plus belles
Frémissaient de plaisir au contact de ses ailes.

Une guêpe jalouse, en voyant sa beauté,
Lui dit : « Je veux punir ta folle vanité. »
Elle fond à ces mots sur l'insecte volage
Qui parcourait les airs dans des flots de clarté.
Sans pitié, sans remords, elle épuisa sa rage
Sur le doux papillon qui lui faisait ombrage,
L'inondant des poisons de sa méchanceté !...

L'envie est une guêpe attaquant le poète,
Qu'elle déchire et mord, qu'elle perce de traits ;
Mais du penseur blessé la gloire se reflète
Dans l'univers entier. — L'écho toujours répète
    Son nom qui ne mourra jamais !!...

J.-B. Fiterre.

PLAINTE DU POETE.

—

A M. GERMAIN DARRICAU.

—

Apaisez mes douleurs, rendez-moi cette lyre,
    Mes mains brûlent de la saisir.

J. Reboul.

—

Il est donc vrai que le poète,
Seigneur, est né pour le malheur,
Qu'il doit toujours courber la tête
À tous les vents de la douleur.

Quand le ciel semble lui sourire,
Que son âme s'épanouit
Comme le blanc lys qui se mire
Dans l'eau du torrent qui s'enfuit ;

Quand scrutant les cieux, la nature,
Partout il lit ton nom, Seigneur,
Qu'oiseau, brin d'herbe et clair murmure
Chantent des hymnes dans son cœur ;

Quand il s'en va par la campagne,
Heureux de vivre et le cœur plein
Des aromes de la montagne
Et des fraîches senteurs du thym ;

Qu'il respire par tous les pores
Toutes les splendeurs du matin :
Rayons des cieux, rouges aurores,
Eclairant son rude chemin ;

Qu'il bénit ton nom, ta puissance,
Maître Divin ; que devant toi
Il s'incline plein d'espérance,
Le cœur rempli d'amour, de foi ;

Que sa main écarte les voiles
Qui cachent ton éternité,
Et qu'il te voit dans les étoiles
Qui roulent dans l'immensité ;

Pourquoi, réponds, lorsqu'il aspire
A s'envoler ainsi vers toi,
En pleurs changes-tu son sourire,
Et du malheur fais-tu son roi ?

Pourquoi faut-il que la souffrance
Le torture comme un bourreau ?
Pourquoi faut-il que l'espérance
L'abandonne jusqu'au tombeau ?

Pourquoi ne pas dans sa demeure
Faire éclore des jours bénis,
Et parfumer toutes ses heures
Du calme de ton Paradis ?

Pourquoi les uns, sur cette terre.
Ont-ils bonheur, gloire et repos,
Et les autres la peine amère
Qui les dessèche jusqu'aux os?

Pourquoi les uns, dans la tristesse,
Comme moi vaincus par le sort,
Pleurent-ils la chaste caresse
De l'ange que leur prit la mort?

C'est que dans ce monde morose
Il n'est point de parfait bonheur,
Que l'épine tient à la rose
Comme au poète le malheur.

S'il en est ainsi, je m'incline,
Seigneur, avec humilité :
Je reconnais ta loi divine,
Et je comprends ta volonté.....

Pour que, chantre de la nature,
Le poète touche les cœurs,
Il faut que son âme s'épure
Dans le noir creuset des douleurs.

J.-B. Fiterre.

SOUVENIR DU PASSÉ.

—

A MON AMI PEPE BARNECHEA.

—

> J'ai fait un rêve
> Il reviendra.
> Casimir Delavigne.

—

Quoi ! tu veux donc rester toujours en Amérique,
Loin du charmant pays où nous avons, enfants,

Coulé des jours heureux sous un ciel poétique,
En foulant sous nos pieds l'herbe verte des champs?

Comme toi, comme toi, j'ai dans le Nouveau-Monde
Erré, cherché partout un rêve de bonheur ;
Ce rêve, cher ami, fugitif comme l'onde,
N'est qu'un rapide éclair, qu'un mirage trompeur !

Un mirage trompeur où notre âme s'égare,
Un brillant feu follet que chacun croit saisir,
Qui s'éteint tout-à-coup comme le feu d'un phare
Qu'on voit au bord des mers soudain s'évanouir :

C'est le sens inconnu d'un texte qu'on ignore,
C'est un chant inspiré qu'on entend dans la nuit,
C'est une ombre qui passe et qu'un blond rayon dore,
C'est un espoir menteur que sans cesse on poursuit ;

C'est le timbre enchanteur d'une voix qu'on révère,
C'est la sainte harmonie où flottent les beaux vers,
C'est de l'aube naissante un regard éphémère
Qui scintille un instant et qui meurt dans les airs ;

Reviens, reviens vers nous, oh ! reviens à Bayonne,
Où le ciel est si doux, où l'air est calme et pur ;
Ami, nous t'attendons. — La nature rayonne,
Le printemps nous sourit, ici rien n'est obscur !...

Reviens, et tu verras l'antique citadelle,
Œuvre digne en tout point du célèbre Vauban,
Qui veille de là-haut comme une sentinelle,
Sur Bayonne où le ciel jette un jour éclatant.

Souviens-toi que c'est là, sur les bancs de l'école,
Que nous avons connu la touchante amitié ;
Quand je songe à ce temps, mon cœur vers toi s'envole.
Reviens, reviens vers nous, ne sois pas sans pitié.

Oh ! comme tes amis, tes bons amis de France,
Seraient joyeux, contents de te serrer la main ;
Reviens sans plus tarder, comble notre espérance,
Ecris-nous que déjà tu t'es mis en chemin.

Viens et nous causerons d'Amériques ensemble,
De rêves avortés, de chagrins, de soucis,
Du Mexique, où souvent la terre s'ouvre et tremble...
En égarant nos pas dans l'ombre des glacis.

Nous causerons aussi de ces blanches créoles,
Dont le regard de feu lance de longs éclairs.
D'églises, de couvent, dont les tours à coupoles
D'un vol libre et hardi s'élancent dans les airs.

Ces mille souvenirs gravés dans la mémoire
Embelliront nos jours, dissiperont l'ennui,
Qui bien souvent sur nous étend son ombre noire,
Manteau de deuil qu'il traîne en tous lieux avec lui.

Viens, et nous irons voir l'imposante nature:
Le ruisseau qui s'enfuit dans l'ombre du vallon,
Les arbustes en fleurs, la mousse, la verdure,
Et le brun laboureur creusant un long sillon ;

Le pasteur matinal, la jeune Navarraise,
Suivant l'étroit sentier qui borde le coteau,
Vive, joyeuse, alerte, à l'œil souriant d'aise,
Dans une source claire allant puiser de l'eau ;

Aux premiers feux du jour, l'alouette gentille,
Becquetant dans les prés l'épi mûr du froment ;
Le garçon du fermier aiguisant sa faucille,
Le charretier qui passe en fredonnant un chant ;

Le mendiant tout pâle, implorant une aumône,
Assis dans le fossé qui longe le chemin ;
Le passant généreux qui s'arrête et qui donne
L'obole qu'il réclame en lui tendant la main ;

Sur son fumier le coq dont la crête superbe
Au regard ébloui semble un charbon ardent,
Les moutons et les bœufs qui bondissent sur l'herbe,
Et le chien du berger qui vient en aboyant ;

Les enfants au teint frais dont le charmant sourire
Fait renaître la paix dans un cœur agité,
Leur front blanc et poli qui semble toujours dire
Que l'innocence est sœur de la douce gaîté...

Viens, et nous reverrons ces campagnes fleuries
Où nous allions, enfants, courir les papillons ;
Nous foulerons encor l'herbe de nos prairies
En semant dans les airs nos folâtres chansons.

Viens, et nous gravirons ces hautes Pyrénées
Brillant à la clarté des rayons du matin,
Où le pâtre en rêvant voit passer ses journées
Comme un léger nuage à l'horizon lointain !

En été, nous irons nous baigner dans la Nive,
Dont l'onde se marie aux doux flots de l'Adour,
Et nous respirerons les parfums que sa rive
Verse comme un encens dans les champs d'alentour..

Nous irons au Boucau voir le golfe qui gronde ;
Là nous verrons aussi les vagues en fureur ;
Nous verrons le soleil, en se couchant dans l'onde,
Revêtir l'Océan de pourpre et de splendeur.

Là, nous pourrons cueillir au sable du rivage,
Pour servir de jouets à de petits enfants,
Des coquillages frais apportés sur la plage,
Comme un tribut des mers par les flots écumants.

Dans l'horizon lointain qu'aucune ombre ne voile,
Nous verrons quelquefois apparaître soudain,
Et luire à nos regards un esquif dont la voile
S'arrondit et se gonfle aux brises du matin.

Nous pourrons saluer la VILLA poétique
Et le joyeux Biarritz assis nonchalamment
Sur un riant coteau du golfe Cantabrique,
Comme sous les palmiers un sultan d'Orient ;

Et voir St-Jean-de-Luz dominé par la Rhune,
Fière et noble cité bravant les flots amers,
Où le dimanche soir la Cascarotte brune
Danse le fandango sous les platanes verts.

Plus loin, Fontarabie, au pied de la montagne,
Que le doux vent des mers caresse avec amour,
Aspirant les rayons du beau soleil d'Espagne,
Pays cher à mon cœur, où tu reçus le jour.

Nous pourrons voir encor Cambo, ses eaux thermales,
Où le malade vient recouvrer la santé ;
Voir ces monts verdoyants aux crêtes inégales,
Séjour mystérieux du vautour habité !...

Nous pourrons voir aussi dans un site sauvage
Que l'on ne peut gravir et monter qu'en tremblant,
Un bloc de grands rochers, souvenir d'un autre âge
Qui revit dans ces lieux : c'est le Pas de-Roland !

Et puis nous reviendrons vers notre cher Bayonne,
Que berce de l'Adour le murmure flatteur,
Où la reine des nuits en se mirant rayonne
Dans ses flots agités qu'argente sa lueur !!!

Et quand le temps, ami, qui jamais ne s'arrête,
Aura ridé nos fronts et blanchi nos cheveux,
Assis près du foyer, dans un doux tête-à-tête,
En parlant du passé, nous rêverons tous deux.

J.-B. FITERRE.

PRIERE DU POLONAIS.

—

Toujours l'oppression est un glaive implacable
Dont le fer se retourne et frappe l'oppresseur.
ACHILLE MILLIEN.

—

Seigneur, toi qui jadis environna de gloire
La Pologne qui pleure et gémit dans les fers.

Fais rayonner les jours heureux de notre histoire,
Que ta bonté, Seigneur, sèche nos pleurs amers ;
Brise l'infâme joug alourdi sur nos têtes,
Prête-nous le secours de ton bras redouté ;
Sur le front des tyrans déchaîne les tempêtes,
Et fais-nous respirer l'air de la liberté !...

Nous t'implorons, Seigneur, car notre cause est sainte,
Nous sommes tous Chrétiens, nous prions à genoux,
Du séjour éternel écoute notre plainte,
Que ton divin regard s'abaisse jusqu'à nous !
Fais renaître l'espoir dans notre âme flétrie,
Détruis, brise à jamais un pouvoir détesté ;
Donne-nous le bonheur, rends-nous notre patrie,
Et fais-nous respirer l'air de la liberté !...

Oh ! Seigneur, fais sonner l'heure de la justice,
Plonge dans le néant l'ouvrage des pervers,
Et fais-nous triompher de la noire malice
Des bourreaux dont la main rive toujours nos fers.
Frappe dans leur orgueil les despotes du monde,
Jette sur eux eux l'éclair d'un regard irrité,
Environne-les tous d'une terreur profonde,
Et fais-nous respirer l'air de la liberté !...

Seigneur, Dieu trois fois saint, dans ta gloire éternelle,
Reçois ceux que la mort a pour nous décimés ;
Au nom du sang du Christ, de sa croix immortelle,
Reçois-les dans ton sein, car ils nous ont aimés.
Daigne accepter d'en haut l'offrande de nos larmes,
Que sur nous tous, Seigneur, s'étende ta bonté
Guéris nos fronts meurtris, dissipe nos alarmes
Et fais-nous respirer l'air de la liberté !...

Seigneur, Dieu tout-puissant, verse sur nous l'aurore
Des beaux jours d'autrefois !... et fais que nos enfants
Ne courbent plus le front sous un joug qu'on abhorre
Et qui pèse sur nous déjà depuis longtemps !...
Seigneur, Dieu de bonté, rends-nous l'antique gloire
Qui nous enveloppait d'une vive clarté !...

Arme nos bras captifs, donne-nous la victoire,
Et fais-nous respirer l'air de la liberté !...

J.-B. Fiterre.

PURES BRISES.

—

SONNET.

—

A M. J.-B. Fiterre.

—

A vous, à vous la bienvenue,
O chantre des chastes amours !
Comme on aime l'aube des jours,
J'aime votre Muse ingénue.

Et pourtant elle n'est point nue !
Mais si purs sont ses frais atours,
Qu'on est sous le charme toujours,
Dès qu'à l'entendre on l'a connue.

Entourez-la de votre soin,
Et de ses lèvres tenez loin,
Le feu des strophes effrénées,

Vous, poëte, qui recueillez
Et dans vos vers nous envoyez
Les brises de vos Pyrénées.

F. Fertiault.

NOUVELLES BRISES.

—

De votre sonnet l'aimable langage
Et les doux conseils ont touché mon cœur ;
Oh ! ne craignez rien, ma Muse est trop sage
Pour chanter le mal et bénir l'erreur.

De Dieu j'aime trop le sublime ouvrage,
Les rayons vermeils, l'éclat de la fleur,
La vierge au front pur dont le gai visage
Respire toujours la paix, le bonheur !

La brise pour moi s'élance, soupire
Dans les prés fleuris et semble me dire :
« C'est pour t'inspirer que vers toi je viens.

« Parfume tes vers de ma fraîche haleine
« J'irai les porter aux bords de la Seine
« Fertiault les aura pour les joindre aux siens. »

J.-B. FITERRE.

————

ASPIRATION.

—

A M. HENRY ETCHEVERRY.

—

Mon père a plusieurs demeures
dans le ciel.

(JÉSUS. — *Evangile.*)

—

La fleur se flétrit, la jeunesse passe,
Ainsi qu'un éclair ;

Le rayon d'azur brillant dans l'espace
    S'éclipse dans l'air.
Tout n'est que mensonge, espoir éphémère,
    C'est toujours en vain
Que chacun de nous cherche sur la terre
    Un bonheur certain.

Rêves des beaux jours, séduisants mirages,
    Charme de nos cœurs,
Vous versiez sur nous du sein des nuages
    Vos blanches lueurs !...
Où donc êtes-vous ?... Je voudrais encore
    Vous suivre des yeux
Du rouge couchant à la fraîche aurore,
    Jusqu'au fond des cieux.

Où donc êtes-vous ?... Quel ciel vous dérobe
    Doux rêves chéris,
Avez-vous donc fui notre triste globe
    Pour le paradis ?...
Je veux vous chercher et de sphère en sphère
    Fuir ce monde impur,
Et vous retrouver, bien loin de la terre,
    Aux champs de l'azur.

Aux champs de l'azur !... Céleste demeure
    Où tous nous irons ;
Où nous reverrons les êtres qu'on pleure
    Ceints de blonds rayons.
Car vous savez bien que de monde en monde
    L'âme doit un jour
Parcourir les cieux pour que Dieu l'inonde
    De son pur amour.

Je vous suis d'un vol vers l'azur immense
    Qui brille à nos yeux,
Où les globes d'or roulent en cadence
    Dans les vastes cieux :

C'est dans ces séjours de gloire éternelle,
De beauté sans fin,
Que mon âme veut en ouvrant son aile
Vous trouver enfin.

J.-B. FITERRE.

BAYONNE.

Noble et fière cité, ta devise rayonne
Sur tes remparts noircis par le feu des combats;
Ton passé glorieux à tes enfants ordonne
De disposer leur âme au mépris du trépas.

Pour implanter la Croix, un martyr catholique
Arrosa de son sang ton sol pur et sacré,
Une source jaillit : Immortelle relique
Où s'abreuve la foi dans un lieu consacré.

Inspirant à d'Orthez son sublime langage,
Tu prévins pour tes fils un sanguinaire arrêt;
Gloire à ce gouverneur dont le calme courage
A la voix de son cœur immola l'Intérêt!

Le fer qui porte au loin le succès de nos armes
Fut forgé dans ton sein par d'héroïques mains :
Bayonnais ! de vos cœurs écartez les alarmes,
Votre mère vous fit du sang des vieux Romains.

Sur les flots inconstants d'un élément perfide,
Dans de frêles esquifs marins audacieux,
Tes intrépides fils, sous ta vaillante égide,
Défiaient d'Albion le joug injurieux.

En mémorables traits tu fus toujours féconde,
Aux extrêmes périls ta valeur résista:

6

Aussi l'écho redit de l'un à l'autre monde
Ton exergue sacré de *Nunquam Pollula*.

Eugène Mordant.

MA CHATTE.

CHANSONNETTE.

Air : *Du Général Tom-Pouce*.

I

Elle a la bouche en cœur,
Le sourire agréable,
Son regard est moqueur,
C'est un lutin. un diable ;
Avec son air riant,
Prompte comme une chatte.
Elle donne souvent
Maint petit coup de patte.

II

Malgré cela je sais
Que plus d'un la courtise,
Qu'on admire ses traits
Et sa gentille mise ;
Mais gare à l'imprudent
Qui taquine ma chatte,
Il recevra souvent
Maint petit coup de patte.

III

Son nom charme mon cœur :
On la nomme Aurosie ;
Ce nom plein de douceur,
Empreint de poésie

Serait bien plus charmant
Si la petite chatte,
Ne donnait si souvent
Maint petit coup de patte.

IV

Malgré ce grand travers
Je l'adore, je l'aime,
Je lui donne ces vers
Mon cœur, mon âme même,
Et, poète indulgent,
De ma petite chatte
Je reçois en riant
Les petits coups de patte.

J.-B. FITERRE.

Avril 1851.

POURQUOI DORMIR? REVEILLE-TOI!...
Chanson.

—

A M. XAVIER NAVARROT. (*)

—

Air : *Des Filles de Marbre, de Victor Drapier.*

L'égalité, qu'ils refusent d'entendre
Pour les siffler n'attend qu'un fossoyeur.

J.-M. DEMOULE.

Pourquoi dormir, pourquoi dormir sans cesse,

(*) L'auteur allait adresser cette chanson à M. Xavier Navarrot, lorsqu'il apprit par les journaux la mort du BÉRANGER
BÉARNAIS. — Aujourd'hui ne pouvant offrir ce chant à l'illustre
poète, il le dépose comme une couronne de fleurs au pied de
la croix où repose sa dépouille mortelle.

(*Note de l'auteur.*)

Réveille-toi, que ta lyre aux doux sons,
En dissipant l'ennui qui nous oppresse,
Fasse vibrer de nouvelles chansons !...
Dans tes refrains fustige l'insolence
Des parvenus, favoris du hasard,
Qui sur nous tous font peser leur puissance
En nous jetant un superbe regard.

L'or est le Dieu qu'on chérit, qu'on encense,
Pour en avoir, tous les moyens sont bons ;
Talents, vertus, vous n'êtes que démence
Qui fait sourire et jaser les fripons !
On applaudit partout le savoir-faire
De maint laquais orgueilleux et cafard :
Bon Navarrot que ta muse sévère
Fasse baisser leur superbe regard.

On voit partout la fraude, l'injustice
Marcher de pair en se donnant la main :
On voit partout l'arrogance du vice
A la vertu barrant le droit chemin...
On voit partout rouler en équipage
Des gens tarés au teint jaune et blafard : —
Nous qui faisons à pied notre voyage
Ne craignons pas leur superbe regard.

Poète armé de la lyre sonore
Tu dois frapper sans peur leur vanité ;
Tu dois montrer le ver qui les dévore
Et dévoiler leur triste nudité !...
Sur leur front vil que sillonne la ride,
Du vieil honneur je ne vois que le fard ;
Frappe toujours cette cohorte avide
Et ne crains pas son superbe regard.

L'heure viendra trop tôt où la puissance
De ces intrus mourra comme l'éclair ;
Leur vanité, leur mesquine arrogance
Eclatera comme une bulle d'air !

La mort déjà de son doigt les désigne
En leur montrant un sombre corbillard ; —
Nul ne les plaint et la fièvre maligne
A fait tomber leur superbe regard.

Bon Navarrot, Dieu, la justice même,
Dieu qui connaît les replis de leur cœur,
A sur leur front lancé son anathème,
A sur leur front levé son bras vengeur !...
Sa voix leur dit, de la céleste voûte :
« Contre mes coups il n'est point de rempart ;
« Le malheureux qui meurt sur votre route
« Ne craindra pas toujours votre regard. »

J.-B. FITERRE.

A UN TRAITRE.

SONNET.

Sois béni par Judas, par cet apôtre infâme,
Qui vendit le Seigneur qu'on a crucifié ;
Sois maudit par tous ceux qui gardent dans leur âme
L'honneur immaculé par toi sacrifié.

Sois maudit, sois maudit, la honte te réclame :
Que pour toi l'Univers soit toujours sans pitié ;

Que le feu du remords te brûle de sa flamme,
Que tout peuple indigné te repousse du pied.

Sois un objet d'horreur, reste seul, solitaire,
Et que ta trahison te dénonce à la terre;
Que par le cri du sang tous tes pas soient suivis.

A ton côté Judas est un être sublime;
Ne pouvant supporter la noirceur de son crime
Il se pendit, et toi, comptant ton or... tu vis!!!

J.-B. Fiterre.

ÉPITRE.

—

A UN ARISTARQUE INCONNU.

—

> La critique, quand elle est juste, est
> une lime qui polit ce qu'elle mord.
>
> Legouvé.

—

Dans un article un peu calin,
Tout imprégné de sel attique,
Où de votre verve caustique
On voit briller l'esprit mutin,
Armé d'une plume ironique.
Vous me percez d'un trait malin. —
Vous faites fi de ma rimaille,
D'autres la trouvent à leur goût :
Peu m'importe que l'on me raille.

L'insulte ne vaut rien qui vaille,
Et, sous vos traits je suis debout !..
Si mes vers ont quelque mérite
Malgré ce que vous en direz,
Chacun reconnaîtra bien vite
Que c'est à tort que vous parlez. —
— Je viens de vanter votre prose,
Vous devez en être enchanté. —
Dans votre cœur, je le suppose,
La louange a droit de cité ;
Elle charme l'esprit morose :
D'un compliment il est flatté...
— Eh bien ! Monsieur, par charité,
Pour moi faites la même chose,
Ayez un peu d'humanité
En me laissant chanter la rose,
A l'aube du matin éclose,
Dans sa grâce et dans sa beauté.
— Je ne fais de mal à personne
En louant la bonté de Dieu,
En chantant les fruits de l'automne,
La fleur des champs et le ciel bleu.
Alors, permettez à mes rimes
De s'épanouir dans mes vers,
D'admirer les beautés sublimes
Qui nous charment dans l'Univers !
— Je voudrais avoir, pour vous plaire,
Le talent de Victor Hugo ;
Mais c'est un désir éphémère,
Mon nom ira dans le tombeau
Expirer sans le moindre écho.
Vous le pensez, et moi de même. —
Mais malgré ce triste avenir
Laissez-moi l'innocent plaisir,
De rimer ce petit poëme
Qu'aujourd'hui j'ose vous offrir. —
— Jamais aucun désir de gloire
N'a chatouillé ma vanité,
Je laisse, vous pouvez me croire,
L'honneur de l'immortalité
Au penseur qui l'a mérité...

Pour terminer ma longue épitre,
Je veux que vous sachiez enfin
Que les deux bras sur mon pupitre,
J'écrirai du soir au matin ! —
De rimer je crois être libre,
Et si mes vers ne vous vont pas.
Cher prosateur, laissez-moi vivre
En paix, et ne me lisez pas.
Epargnez-moi votre critique,
Je ne suis pas un être vain ;
Laissons là toute polémique,
Et dans un élan pacifique,
Daignez, Monsieur, presser ma main.

J.-B. Fiterre.

Dimanche, 18 Août 1867.

RÉPONSE

A M. J.-B. FITERRE.

Aristarque fit la critique
Des chants immortels d'Ilion ;
La main sur le poème épique,
Il fut, dans la censure attique,
Sévère, mais juste, dit-on.
J'accepte, en rougissant, l'hommage
Qu'à votre insu vous m'envoyez,
Et fais des vœux pour que ce sage,
Si je hasarde une autre page,
Guide mes pas mal appuyés.

Mais comment ai-je osé, timide,
Par de méchants traits acérés

Troubler votre Muse candide,
Filet d'eau que le Bon Dieu guide
A travers les champs et les prés?
Et pourtant, oh! l'heureuse audace!
Puisqu'elle a fait naître des vers
Devant qui tout orgueil s'efface,
Dont j'aime le sel et la grâce,
L'entrain, les mouvements divers.

Eh bien! oui, chantez, ô poète,
L'oiseau, la fleur, les prés, les champs :
Dites-leur, charmant interprète,
Combien un profane regrette
D'avoir interrompu vos chants.
Allez où le destin vous mène ;
Cueillez à pleines mains les fleurs
Dans le vallon ou dans la plaine ;
Le brin d'herbe, comme le chêne,
De Dieu sait dire les splendeurs.

Parfois aussi laissez la plume
Nous dire un chant national ;
Chantez sur le volcan qui fume...
Chantez le peuple que consume
Le despotisme Oriental ;
Chantez un hymne à la Patrie,
Une hymne au Dieu que votre enfant
Sur vos genoux adore et prie ;
Rendez à la vertu flétrie
Ses droits, son éclat ravissant.

Chantez la charité divine,
Relevez l'homme de labeur ;
Consolez toute âme chagrine,
Flétrissez le vice imposteur.
Voilà l'œuvre par excellence
De quiconque a le feu sacré.
Sous la main de Dieu qui balance

Les soleils dans l'espace immense
Prenez votre essor assuré.

Anonyme

A MA PETITE ELISA.

—

SONNET.

—

Blanche comme la blanche hermine,
Rouge comme la fleur des champs,
Oui, j'aime ta grâce enfantine
Et ton œil plein de feux charmants.

Comme un pinson sur l'aubépine.
Qui chante, et dont j'aime les chants,
J'aime ta jeune voix caline,
Fraîche comme le frais printemps.

Mignonnette que ton aurore,
De ton beau ciel d'un reflet doré
Les cailloux de mon dur chemin.

Pour que longtemps je puisse encore
Chanter sur ma harpe sonore
L'éclat de ton regard divin...

J.-B. Fiterre.

8 Octobre 1867.

TRIOLETS.

—

A MONSIEUR MICHEL RENAUD.

—

Va, poète, chante pour nous.
D'un cœur aimant les vers sont doux.

EUGÈNE CAMOT.

—

J'aime les champs et les bois verts
Remplis de parfum, de ramage.
Autour de mon gentil cottage,
J'aime les champs et les bois verts !
Là, sans crainte d'aucun revers,
A la rime je rends hommage :
— J'aime les champs et les bois verts
Remplis de parfum, de ramage.

Comme l'oiseau qui fend les airs
Je livre au vent ma note ardente,
Et pour la nature je chante
Comme l'oiseau qui fend les airs.
S'arrête-t-on à mes concerts?...
Écoute-t-on ma voix vibrante?...
Comme l'oiseau qui fend les airs
Je livre au vent ma note ardente.

Quand je vois rougir l'horizon
Que teint un soleil écarlate,
En chantant mon cœur se dilate
Quand je vois rougir l'horizon.
Sur mer je chante l'alcyon
Suivant la légère frégate.
Quand je vois rougir l'horizon
Que teint un soleil écarlate.

En chantant j'aspire l'air pur,
L'air salubre de la montagne,
Explorant, au loin, la campagne.
En chantant j'aspire l'air pur ;
Bercé par les songes d'azur
De la Muse, blonde compagne,
En chantant j'aspire l'air pur,
L'air salubre de la montagne.

Penseur, chante l'œuvre sans fin
De Dieu, le poëte suprême : —
Cet univers est son poëme.
Penseur, chante l'œuvre sans fin.
Beautés de l'idéal divin,
La main de Dieu partout vous sème.
Penseur, chante l'œuvre sans fin
De Dieu, le poëte suprême !...

J.-B. FITERRE.

Boucan-Sud, 28 juillet 1867.

JE T'AIME.

> Je n'ai trouvé qu'un monde
> Et ce monde est l'amour.
>
> ED. TURQUETY.

A toi seule je rêve
Et la nuit, et le jour.
Charmante fille d'Eve
Connais-tu mon amour ?

Sais-tu que ton sourire
Fait palpiter mon cœur,
Pitié pour mon délire !
Ange, fais mon bonheur !

J'aime ton front d'ivoire,
Ton front d'un blanc si pur,
Ta chevelure noire,
Ton œil d'un bleu d'azur,
Cette taille flexible
Comme un roseau mouvant :
Ne sois pas insensible
Pour moi qui t'aime tant !

Je donnerais mon âme
Sans regrets, sans effroi,
Pour un baiser de flamme
Qui me viendrait de toi !
Oui, plus que la madone,
Plus que le Christ mourant,
D'amour je t'environne...
Mon amour est si grand !

C'est toi qui sur la terre
Me fais croire au bonheur,
C'est par toi que j'espère
Un avenir meilleur,
Tu répands sur ma route
Et les fleurs et le miel
Dans mon cœur plus de doute
Tu m'as fait croire au ciel.

J.-B. Fiterre.

Bayonne. — 1848.

LE RÊVE DU POÈTE.

SONNET.

A MON AMI VICTOR-PROSPER LEVÈRE.

Le rêve du poète est un sublime rêve.
C'est un rêve d'amour qui fait battre son cœur ;
Contre de vils tyrans lorsqu'un peuple se lève,
Dans son rêve il le voit transfiguré, vainqueur !...

Le rêve du poète, ami, n'a point de trêve :
Pour tous les malheureux il rêve le bonheur ;
Pour le pauvre exilé, d'une vierge, blonde Eve,
Il rêve le regard imprégné de langueur.

Le rêve du poète est encore autre chose : —
Ce qu'il rêve ici-bas, c'est la métamorphose
En bien de tout le mal que nous voyons surgir...

Mais son rêve chéri, son doux rêve de gloire
C'est de laisser un nom béni dans la mémoire
De ceux qui le liront quand viendra l'avenir !...

J.-B. FITERRE.

A MON AMI J.-B. FITERRE.

SONNET

> Au lieu d'agir en ennemis.
> Les talents doivent vivre en frères.
> Baron de NIVENHEIM.

Le poète inspiré chante dans sa misère,

La gloire, le bonheur en vers mélodieux ;
Son esprit, dégagé des choses de la terre,
Entend de l'infini l'écho mystérieux.

Mais le bonheur est loin, bien loin de notre sphère,
Et la gloire avec lui plane au delà des cieux ;
Quand sous l'impression d'une pensée amère
Je jette autour de moi des regards soucieux :

Au milieu de l'éclat dont l'orgueil s'environne,
Des grandeurs d'ici-bas, éphémère couronne
Si je crains d'entrevoir l'affreuse vérité,

Ami, comme un bienfait j'invoque le mensonge
Qui berce notre esprit sous les ailes d'un songe,
Et je ferme mes yeux à la réalité.

Victor-Prosper Levère.

LES ILLUSIONS ENVOLÉES.

—

A MON FRÈRE ÉTIENNE FITERRE.

J'ai visité les lieux où le soleil se lève,
Dans des climats dorés j'ai suivi ce beau rêve,
Qu'on nomme illusion, feu follet, ou bonheur ;
Quand j'ai cru le saisir, comme un oiseau timide,
Ouvrant son aile au vent, d'un vol sûr et rapide,
    Il a fui bien loin de mon cœur.

Chastes illusions, essaim doux et folâtre
Qui dansiez sur mon front comme le feu dans l'âtre,

Revenez, revenez vers le pauvre exilé,
— De même qu'au printemps la joyeuse hirondelle. —
Oh! revenez vers moi, vers moi qui vous appelle,
    Vers moi qui suis tout désolé!...

Naguère vos rayons éclairaient ma demeure,
La joie était connue à mon âme qui pleure;
La joie ainsi que vous est morte sans retour...
Plus d'espoir... la tristesse habite dans mon âme;
Elle ronge ma vie!... et mes yeux pleins de flamme
    S'assombrissent de jour en jour.

Oh! vous qui me charmiez, vous qu'on poursuit sans cesse,
Vous que chacun bénit dans une sainte ivresse,
Vous qui faisiez jadis ma croyance, ma foi,
Revenez, revenez, je suis toujours le même.
Je pleure, je gémis! illusions que j'aime,
    D'un vol joyeux venez vers moi!...

Sans vous plus de plaisirs, plus de chants, plus de fêtes!
Mon horizon est noir, il couve des tempêtes;
Mon œil triste et troublé ne voit plus l'avenir;
L'avenir, que j'ai vu tout brillant et sans voiles,
M'apparaît aujourd'hui comme un ciel sans étoiles,
    Sombre et morne à faire mourir!...

Dans ce monde trompeur, c'est vous seules qui faites
Sourire le soleil qui reluit sur nos têtes;
Sans vous tout se ternit, la nature est en deuil,
La fleur est sans parfum, l'âme sans espérance,
Et la joie a fait place à la noire souffrance,
    Roulant des larmes dans son œil!

C'est en vain que ma voix vous invoque et vous prie:
Non vous ne voulez pas refleurir sur ma vie,
Mon cœur, mon pauvre cœur! sans vos rêves charmants,
Ressemble à l'arbrisseau que le vent dans sa rage,
A dépouillé des fleurs, des fruits et du feuillage
    Que lui donne chaque printemps.

J.-B. Fiterre.

LES BELLES NUITS.

—

SONNET.

—

J'aime des belles nuits le calme et le silence :
Dans le dôme des cieux l'étoile au front d'argent
Scintille, et son rayon sur le flot transparent
Laisse glisser un peu de sa magnificence.

Le sylphe aérien dort avec nonchalance
Sur la blanche aubépine au parfum odorant,
Et bulbul, réveillant l'écho de son doux chant,
Célèbre de la nuit la céleste influence.

Le ciel brille azuré sans un nuage noir ;
La nature à cette heure est ravissante à voir,
Et son calme divin enivre le poète.

C'est alors, c'est alors, qu'en rêvant au bonheur,
Il chante sur son luth des vers pleins de douceur
Et que du roi des cieux il devient l'interprète.

J.-B. FITERRE.

Septembre. — 1859.

UNE FLEUR DES PYRÉNÉES.

—

Malgré de bien sombres années,
Je te revois en souvenir,

7

Charmante fleur des Pyrénées
Que le vent du Nord fit mourir.
Je vois encor ton frais calice,
Où l'or se marie au saphir,
Que dans nos champs avec délice
Berçait le souffle du zéphir.

Tout est passager dans la vie :
Le rayon meurt avec le soir,
Et l'aquilon, dans sa furie,
Effeuille le plus doux espoir !...
Tout ce qui chante et vit succombe :
L'abeille s'éteint sur son miel ;
L'homme se couche dans la tombe
Pour se réveiller dans le ciel !

Fille des champs, toi que je pleure,
Ton souvenir remplit mon cœur,
Car tu parfumais ma demeure
D'amour, de calme et de bonheur !...
Bien loin du monde, des misères,
Blanche et pure comme un doux lis,
Sous l'œil du bon Dieu tu prospères
Dans les vallons du paradis.

Quand sonnera l'heure suprême
Qui doit m'appeler près de toi,
Gentille fleur que mon cœur aime,,
Je te parlerai de ma foi ;
Je t'aimerai comme un bel ange,
Un ange au regard radieux :
Aime, loin de ce globe étrange,
Le parfum des roses des cieux !...

J.-B. FITERRE.

18 Septembre. — 1858.

UNE LARME.

—

SONNET.

—

A MES AMIS.

—

Que de fois, en jetant mon regard en arrière
Vers ce lointain passé parfumé de beaux jours,
Où tu semas jadis, jeunesse folle et fière,
L'œil brillant de clarté, ta joie et tes amours;

Que de fois n'ai-je pas senti de ma paupière,
En me resouvenant de ces moments si courts,
Une larme brûlante, hélas! et bien amère,
Tomber, s'évanouir, et renaître toujours!...

Le passé, mes amis, c'est la sainte innocence
Qui jouait près de nous, qui berçait notre enfance,
Avec ses rêves d'or, ses suaves chansons;

Aujourd'hui ce n'est plus qu'une rose flétrie,
Sans éclat, sans odeur, et que bientôt sans vie
Le vent effeuillera sur l'herbe des vallons.

J.-B. FITERRE.

Octobre. — 1855.

MA PENSÉE.

SONNET.

A MADEMOISELLE***.

Quand dans l'azur du ciel la lumière étincelle,
Que le soleil sur nous verse de chauds rayons,
Ma pensée aussitôt s'élance, et de son aile
Rase en glissant les blés jaunis dans les vallons.

Elle court, vagabonde, où le bonheur l'appelle,
Dans les champs diaprés, sur la cime des monts;
Ainsi que le zéphir sur la rose nouvelle
Elle se pose avec les joyeux papillons !

Elle s'arrête aussi près de toi, jeune fille;
Quand tu rêves, pensive, au sein de la charmille
Dont les rameaux flottants te servent d'éventail.

Et puis elle s'endort, vierge candide et pure,
Comme un sylphe léger dans un pli de verdure
Entre tes lèvres de corail.

J.-B. Fiterre.

Mai. — 1853.

ÉLÉGIE.

A la mémoire de M. Léon desalles, *auteur de* mes
vingt ans.

Je viens pleurer, gémir, sur ta tombe inconnue,

Poëte qui n'as fait que passer ici bas,
Comme un rayon d'en haut, comme une blanche nue,
Comme une fleur d'un jour éclose sous nos pas!...
Mais en fuyant d'un vol, oh! frère en poésie,
Ce monde corrupteur pour des cieux éclatants,
Tu nous léguas le fruit de ton heureux génie.
        Et nous possédons *tes vingt ans*.

La poésie, enfant, est une coupe amère
Où l'absinthe se mêle au nectar le plus doux;
Et le poëte en butte à la froide misère,
En se plaignant à Dieu succombe sous ses coups.
Il se plaint de ses maux, de la noire souffrance
Qui le ronge et le fait mourir avant le temps!...
Oh! poëte, en songeant à ta courte existence,
        Oui, nous relirons *tes vingt ans*.

Là, nous retrouverons tes rêves de jeunesse,
De tes illusions l'essaim aux ailes d'or,
Et l'hymne parfumé d'amour et de tendresse,
Qui vers ta mère, enfant, prenait son doux essor.
Là, nous retrouverons la candeur de ton âme.
En regardant le ciel, nous redirons tes chants,
Et tes vers inspirés, aux paroles de flamme,
        Seront l'honneur *de tes vingt ans!*...

Oh! qu'il me tarde bien en parcourant ton livre,
De m'enfuir avec toi vers le monde idéal,
D'écouter les doux sons de ton chant qui m'enivre
Comme un divin parfum du ciel oriental!
Oh! qu'il me tarde bien de rêver sur la mousse,
Lorsque le rossignol module ses accents,
Et que la voix des nuits, harmonieuse et douce,
        Semble soupirer *tes vingt ans!*...

Alors je croirai voir, chantre de la nature,
Sous l'orme des forêts aux verdoyants rameaux,
Où la brise, en passant, laisse un plaintif murmure,
Ton esprit échappé de l'ombre des tombeaux.
Alors, j'écouterai tes chants, et mon oreille

Retiendra tes beaux vers mêlés au bruit des vents,
Et l'hymne chaste et pur qui dans mon cœur sommeille
    Viendra s'unir *à tes vingt ans*.

Alors j'évoquerai le Camoëns, le Tasse,
Hégésippe Moreau, Malfilâtre, Mercœur,
Bardes aux chants divins que ce monde rapace
A traqués, poursuivis de son rire moqueur ;
Et joignant tes beaux vers à leur œuvre bénie,
Je noierai mon esprit dans tes sublimes chants,
Car tu t'es inspiré, frère, de leur génie
    Dans ton poème *de vingt ans !*...

J.-B. FITERRE

Saint-Jean-le-Vieux (Basses-Pyrénées).

A LAMARTINE.

SONNET.

Barde des anciens jours, on te verse l'outrage
A toi dont les beaux vers ont captivé nos cœurs,
Ont-ils donc oublié ta fierté, ton courage,
Quand la guerre civile allumait ses horreurs.

Je n'ai rien oublié !... sans crainte de leur rage
Je voudrais adoucir tes poignantes douleurs : —
Je ne suis point ingrat... maître, sur ton visage
Je voudrais effacer la trace de tes pleurs.

Malgré leur noire envie et leurs cris de colère,
Marche, n'écoute pas ces clameurs de la terre,
L'avenir relira tes chants harmonieux ;

Quand ils ne seront plus, que l'oubli, lourd suaire,
S'étendra pour toujours sur leur gloire éphémère, —
— Ton astre au pur rayon brillera dans les cieux !...

J.-B. FITERRE.

11 Octobre. — 1866.

A ELLE.

—

Air : *Soleil si doux au déclin de l'automne.*

BÉRANGER.

—

Sur ton balcon je vois briller la rose
Fleur des amours que caresse zéphir ;
Le papillon aux ailes d'or s'y pose
En frissonnant de joie et de plaisir !...
Quand tu souris ta lèvre est plus vermeille
Que cette fleur, reine du gai printemps ;
Sous ton œil bleu mon âme se réveille
Mon luth frémit et soupire des chants !...

Oh ! sois toujours l'étoile qui me guide,
Reluis pour moi des plaines de l'azur ;
Remplis d'espoir mon âme triste et vide
En l'inondant de ton regard si pur !...
Oh ! sois toujours la fleur qui me parfume,
L'ombre qui tombe et vient me rafraîchir,
Le filet d'eau quand la soif me consume,
Qui sous mes pas exprès semble jaillir !...

C'est ton amour qu'il me faut, ma charmante,
Pour oublier les peines, le chagrin ;

C'est à ta voix suave et palpitante
Que mon ciel noir redeviendrait serein;
Je verrais fuir loin de moi la tempête
En m'endormant doucement sur ton sein ;
C'est l'oreiller que demande ma tête :
Vierge aux yeux bleus, viens me tendre la main.

Ange d'amour, toi qu'aujourd'hui j'implore,
Je chanterais l'éclat de ta beauté,
Ton nom irait comme celui de Laure
Me rappeler à la postérité !
Car je serais ton amoureux poète,
Pour toi j'aurais de doux chants chaque jour,
Et tous les vers que mon luth au vent jette
Iraient chez toi sur l'aile de l'amour.

J.-B. FITERRE.

Octobre. — 1848.

―――――

ÉLÉGIE.

―

A LA MÉMOIRE DE MA COUSINE, MADEMOISELLE EMMA
DARRICAU.

―

Emma, sur ta mort me vois-tu gémir ?
Me vois-tu pleurer, oh ! blanche colombe !
Quoi ! si jeune, hélas ! dormir dans la tombe ?...
Quoi ! si jeune, hélas ! vers les cieux partir ?..
Emma, sur ta mort me vois-tu gémir !...

Nous ne verrons plus, vierge, tes doux yeux,
Nous ne verrons plus ton charmant sourire;
Sur mon luth voilé, mon âme soupire
Un chant qui voudrait te rejoindre aux cieux !...
Nous ne verrons plus, vierge, tes doux yeux !...

Oh ! viens consoler, dans un songe heureux,
Quand la nuit sur nous tombe avec mystère,
Oh ! viens consoler ton père et ta mère;
Du séjour divin penche-toi sur eux :
Console-les bien dans un songe heureux.

Ainsi qu'un bouquet, sur ton cher tombeau,
A défaut de lis, à défaut de rose,
Je veux aujourd'hui que ma main dépose
Ce chant funéraire au plaintif écho ;
Larmes de mon cœur sur ton cher tombeau.

Emma, sur ta mort me vois-tu gémir,
Me vois-tu pleurer, oh! blanche colombe !
Quoi! si jeune, hélas! dormir dans la tombe? ..
Quoi! si jeune, hélas ! vers les cieux partir?....
Emma, sur ta mort me vois-tu gémir.

J.-B. Fiterre.

Saint-Michel, 15 juin 1861.

—————————

OH! OUI JE M'EN SOUVIENS!

—

A UNE MÈRE.

—

Oh! oui, je m'en souviens, la nuit était sereine,
La brise s'imprégnait des parfums de l'été,

Et la lune, à travers les feuilles du grand chêne,
Laissait tomber du ciel sa timide clarté.

Oh! oui, je m'en souviens, belle comme une reine,
Emma, pensive, était assise à mon côté ;
Sa voix, qui ressemblait au chant d'une syrène,
Rendait plus douce encor sa touchante beauté.

Oh! oui, je m'en souviens.... rose qui vient d'éclore,
Elle s'ouvrait, joyeuse, aux rayons de l'aurore,
Sans songer que bientôt elle devait mourir.

En trois jours elle est morte.... et toujours son image
Apparaît à mes yeux flottant dans un nuage;
Et je berce en mon cœur son tendre souvenir.

J.-B. FITERRE.

LE POÈTE ET LA FLEUR.

—

A MON ONCLE GABRIEL GIRARD.

—

Le poète persan, l'immortel Saadi
Rêvant, errait un jour dans un lieu solitaire ;
C'était au mois d'avril, l'air était attiédi
Par le souffle embaumé d'une brise légère.

Le soleil sur son front répandait ses rayons;
Les champs, les bois, les monts, l'insecte qui murmure,
Semblaient pour le poète avoir pris leur parure,
L'oiseau le saluait par ses douces chansons !

Tout brillait, tout charmait, partout dans les campagnes
Les arbres inclinaient leurs fruits délicieux,
Et dans l'horizon bleu la crête des montagnes
    Lui montrait le chemin des cieux!

Il se baisse, il ramasse une fleur desséchée
Qui gisait mollement sur l'herbe du vallon,
De sa tige tremblante une fleur détachée
    Par quelque fougueux aquilon.

Le poète, naïf comme un enfant, l'admire,
La presse doucement, doucement sur son cœur,
Et rayonnant de joie, avec bonheur respire
    Sa bienfaisante odeur.

— O toi, dont le parfum m'enivre, es-tu la rose?
— Non, lui répond la fleur, mais j'ai vécu longtemps
Avec elle; à son ombre, ami, je suis éclose,
Et c'est d'elle que vient le parfum que tu sens.

              J.-B. FITERRE.

SEIZE ANS.

—

Age d'or où tout se colore
D'un prisme aux brillantes couleurs,
Où l'âme, au lever de l'aurore,
S'enivre du parfum des fleurs!
Où l'on aime le clair murmure
Du ruisseau qui dans la verdure
S'enfuit en reflétant le ciel;
Où l'on se recueille en silence
Devant cette nature immense
Œuvre du poète éternel!

Bel âge où l'on chérit la gloire
Les yeux bleus, les cheveux flottants,
Les mains blanches comme l'ivoire,
Le ciel aux rayons éclatants ;
Où l'on adore toutes choses,
Le petit enfant aux pieds roses,
La feuille qu'emporte le vent ;
Où l'âme ne sait rien maudire,
Où l'on croit aux chants de la lyre,
Où l'on croit au soleil levant...

Oh ! fraîche saison de la vie,
Toi qui fais dans le fond du cœur,
Bien loin des regards de l'envie,
Naître des rêves de bonheur ;
Ton souvenir qui me caresse,
Au lieu de bannir la tristesse
Qui me tient sous sa main de plomb,
M'écrase encore davantage,
Car tous les beaux jours du jeune âge
Etreignent aujourd'hui mon front !...

Tu ne viendras plus sur ma tête
Briller comme un jour de printemps,
Car le souffle de la tempête
A fait mourir avant le temps,
Dans mon cœur la douce espérance,
Blanche fleur que la Providence
Fait éclore dans notre sein
Pour que le barde qu'on délaisse
Dans les sombres jours de détresse
Ne maudisse pas son destin.

Tu ne reviendras plus, jeune âge
Dont je me souviens tous les jours,
Doux trésor, brillant apanage,
Oui, je t'ai perdu pour toujours !
C'est en vain que ma voix t'appelle :
Ta couronne riante et belle
Ne viendra plus parer mon front.
Dieu, dans sa puissance suprême,

Te réserve, beau diadème,
Pour nos enfants qui grandiront.

Telle est dans ce monde où tout passe,
La loi qui régit les humains :
La jeunesse fuit et s'efface,
La gloire glisse dans nos mains !
La fleur que le matin on cueille,
Le soir se flétrit feuille à feuille,
Sur le doux sein de la beauté:
Tout ce qui brille s'évapore,
Ainsi qu'un rayon de l'aurore,
Qui se perd dans l'immensité !...

J.-B. FITERRE.

SONNET.

—

AU CHATEAU DE GRAMONT A BIDACHE.

—

Vieux castel de Gramont, de ta splendeur passée
Les flots de la Bidouze ont sans aucun retour
Emporté les débris : de ta gloire éclipsée
Non, nul ne se souvient !... la gloire dure un jour !...

Poète voyageur, seul avec ma pensée
Je vins l'été dernier près de ta vieille tour,
Sur ton faîte jauni, de ma lyre élancée
Je sentis s'envoler mille chansons d'amour !...

Car je respecte et j'aime, ô castel séculaire !
Ces vieux murs que le temps a festonnés de lierre,
Ces glorieux débris sur leur base croulants...

Comme on respecte un prêtre, un enfant, une mère,
Un vieillard tout courbé, dont le front centenaire
Est encor couronné de quelques cheveux blancs!...

J.-B. Fiterre.

Mai. — 1858.

LA BRUNE AUX YEUX NOIRS.

—

Air : de Castilbelza.

—

Brune aux yeux noirs t'aimer avec délire
  C'est mon bonheur,
Pour ton regard, pour ton charmant sourire
  Plein de candeur :
Je donnerais tous mes chants de poète
  Mes rêves d'or,
Mon Dieu, ma foi, ma couronne de fête
  Et plus encor.

Pour être heureux dans ce monde éphémère
  Où nous vivons
Il me fallait ton regard qui m'éclaire
  De ses rayons.
Joyeuse enfant, aimable jeune fille,
  Charmante fleur,
Etoile d'or qui dans ma nuit scintille
  Fais mon bonheur.

Chanter pour toi sur ma lyre d'ivoire,
  C'est mon plaisir,
Quand sous le vent ta chevelure noire
  Flotte à loisir,
Suivre tes pas dans l'agreste campagne
  Presser ta main ;

Vivre d'amour oh ! ma belle compagne
    C'est mon destin.

Rieuse enfant, piquante et brune tête.
    Quand je te voi,
En frissonnant tous mes chants de poète
    Volent vers toi,
Car ici bas c'est toi seule que j'aime
    D'un pur amour
D'un doux baiser donne moi le baptême
    Dans ce beau jour.

Ange adoré quand je sens ta main blanche
    Dans mes cheveux,
Et que ton front sur ma lèvre se penche
    Je suis heureux :
Je suis heureux plus qu'un roi sur son trône
    Et plus que Dieu,
Dans son beau ciel que la gloire environne
    Dans son ciel bleu.

Linxe. — 20 Septembre 1865.

J.-B. FITERRE.

A MADEMOISELLE J. F. ***.

—

Oui, tes chants sont plus doux que la brise embaumée
Qui frissonne à travers le saule du chemin,
Reprends ton luth sonore et qu'une muse aimée
Te conduise, Julie, ici bas par la main.

Reprends ton luth sonore et que la poésie
En flots harmonieux s'écoule de ton sein,
Qu'elle brille sur toi, qu'elle dore ta vie,
Et préserve tes jours des ombres du chagrin !...

Ta fraîche poésie est un baume pour l'âme
Que le doute flétrit, que le malheur endort,

Et tes vers inspirés, parfumés de cinname,
Font germer et fleurir nos illusions d'or.

Leur sympathique accent me charme et me caresse,
J'écoute avec bonheur tes chants harmonieux ;
Transporté de plaisir, je crois en mon ivresse,
Ouïr l'écho lointain d'une harpe des cieux !...

J.-B. FITERRE.

JÉHOVAH!

DÉDIÉ A MON ONCLE BAPTISTE FITERRE.

Toi qui fis, Jéhovah, les brillantes étoiles
Qui répandent sur moi leur paisible rayon,
Oui, je voudrais te voir comme les blanches voiles
Que je vois luire au bord de l'immense horizon.

Oui, je voudrais te voir comme l'astre de flamme
Que je vois s'élancer sous le dôme des cieux ;
Car je sais que c'est toi qui fais vibrer mon âme
Comme une lyre d'or aux sons mélodieux.

Oui, je voudrais te voir comme le pur sourire
Que je vois sur le front d'un enfant au berceau ;
Te voir comme je vois l'arbuste qui se mire,
A l'aube du matin, dans le courant de l'eau.

Te voir comme je vois l'azur et la lumière,
Te voir dans ta splendeur, divin Adonaï,
Comme Moïse, un jour loin. des bruits de la terre,
Te vit sur le sommet du grand mont Sinaï.

Te voir comme je vois l'ange qui, sur ma vie,
Verse de son amour les parfums enivrants,
Pour te remercier du peu de poésie
Que tu mis dans mon cœur et qui s'exhale en chants.

J.-B. FITERRE.

1858

FIN.

TABLE DES MATIÈRES.

—

FIN DE LA TABLE.

Bayonne. — Typ. et Lith. de P. Lespés, rue Chegaray, 12.

ERRATUM.

—

Page 8, ligne 27, au lieu de : Où se mêlent dans une harmonie, lisez : *Où se mêlent dans une harmonie* heureuse.

www.ingramcontent.com/pod-product-compliance
Lightning Source LLC
Chambersburg PA
CBHW060829250626
47162CB00005B/1993